AF328263

LE IODELET,
OU LE MAISTRE VALET.

COMEDIE

DE MONSIEUR

SCARRON.

A PARIS,

Chez GUILLAUME DE LUYNE,
Libraire Juré, au Palais, en la Gallerie
des Merciers, à la Justice.

M. DC. LXXXIV.

AVEC PRIVILEGE DU ROY.

PERSONNAGES.

DOM JUAN d'Alvarade.

DOM LOUIS de Rochas.

DOM FERNAND, de Rochas.

ISABELLE de Rochas....

LUCRESSE d'Alvarade.

JODELET, Valet de DOM JUAN d'Alvarade.

ESTIENNE, Valet de DOM LOUIS de Rochas.

BEATRIS, Servante d'Isabelle.

La Scene est à Madria.

JODELET,

OU LE
MAISTRE VALET,
COMEDIE.

ACTE I.
SCENE PREMIERE.

JODELET, DOM JUAN.
JODELET.

UY, je n'en doute plus, ou bien vous
    estes fou,
Ou le Diable d'Enfer qui vous casse
    le cou,
A depuis peu chez vous éleu son do-
micile.
Arriver à telle heure en une telle Ville,

A

Courir toute la nuit ſans boire ny manger,
Menacer ſon Valet, & le faire enrager.

DOM JUAN.

Taiſez-vous maiſtre ſot. Cette Ruë où nous ſom-
Eſt celle que je cherche.   (mes

JODELET.

                    O le plus fou des Hommes!
Et qu'y voulez-vous faire apres minuit ſonné,
Aller voir Dom Fernand?

DOM JUAN.

            Oüy, tu l'as deviné,
Je veüx dés cette nuit aller voir Iſabelle.

JODELET.

Dés cette nuit plûtoſt vous broüiller la cervelle,
Si cervelle chez vous eſt encore à broüiller.

DOM JUAN.

Si faut.il, Jodelet, te reſoudre à veiller.
Quelque las que tu ſois, quelque faim qui te tuë,
Je ne ſuis pas d'avis de ſortir de la Ruë,
Sans avoir veu de prés l'objet de mon amour,
Le deuſſay-je chercher juſques au point du jour.

JODELET.

Reſſouvien-toy, mortel, qu'il eſt tantôt une heure
Que l'on n'ouvrira point où Dom Fernand demeure,
Que nous ſommes partis ce matin de Burgos,
Que tantoſt ſur Mulets, & tantoſt ſur Chevaux
Nous avons vous & moy, grace à voſtre Hymenée,
Couru comme des foux le long de la journée,
Et que toute la nuit faire le Chat-huan
Eſt tres-grande folie au Seigneur Dom Juan.

DOM JUAN.

Reſſouvien-toy, mortel, que n'aimer que ſa gueule,
Que ne vivre icy bas rien que pour elle ſeule,
Eſt eſtre pis que beſte; & donc, ô Jodelet,

Vous n'eftes qu'une befte habillée en Valet.
JODELET.
Que je hay les Railleurs!
DOM JUAN.
Que je hay les Yvrognes!
JODELET.
Que je hay les Amans, & leurs mourantes trognes!
DOM JUAN.
Moy, que j'aime Ifabelle, & que fon feul portrait
Me perce jufqu'au cœur d'un redoutable trait!
JODELET.
Vous eftes donc de ceux qu'une feule peinture
Remplit de feu Gregeois, & met à la torture,
Et fi Monfieur le Peintre a bien fait un mufeau,
S'il s'eft heureufement efcrimé du pinceau,
S'il vous a fait en toille un adorable Idole,
L'original peut eftre une fort belle folle,
Sa bouche de corail peut enfermer dedans.
De petits os pourris au lieu de belles dents.
Un portrait dira-t-il les deffauts de fa taille?
Si fon corps eft armé d'une jaque de maille?
S'il a quelques égouts outre les naturels?
Accident tres-contraire aux appétits charnels,
Enfin, fi ce n'eft point quelque horrible Squelette,
Dont les beautez la nuit font deffous la toillette.
Ma foy fi l'on vous voit de Femme mal pourveu,
Puifque vous vous coiffez devant que d'avoir veu,
Vous ne ferez pas plaint de beaucoup de perfonnes.
DOM JUAN.
Sçais-tu bien, Jodelet, alors que tu raifonnes,
Qu'il n'eft pas fous le Ciel un plus fâcheux que toy?
JODELET.
Il n'eft pas fous le Ciel un plus fâché que moy,
Quand il faut à tâtons courir de Ruë en Ruë,

Ou deſſous un Balcon faire le pied de grüe.

DOM JUAN.
Jodelet.

JODELET.
Dom Juan.

DOM JUAN.
Sans doute mon portrait
Envers mon Iſabelle aura fait ſon effet,
J'y ſuis peint à ravir.

JODELET.
Je ſçay bien le contraire.

DOM JUAN.
Que dis-tu?

JODELET.
Je vous dis, qu'il n'a fait que déplaire.

DOM JUAN.
D'où diable le ſçay-tu?

JODELET.
D'où? je le ſçay fort bien,
Parce qu'au lieu du voſtre elle a receu le mien.

DOM JUAN.
Traiſtre, ſi tu dis vray, mais je croy que tu railles,
J'iray chercher ta vie au fonds de tes entrailles.

JODELET.
Venez-la donc chercher, car je ne raille point,
Mais en frappant mon corps, épargnez mon pour-
    point.

DOM JUAN.
Ne penſe pas tourner la choſe en raillerie.
Dy, comment l'as-tu fait?

JODELET.
Vous eſtes en furie.

DOM JUAN.
Oüy, j'y ſuis tout de bon, je n'y fus jamais tant;

JODELET.

ors qu'avec bon congé du Cardinal Infant,
 Lettres de faveur, nous partîmes de Flandre.

DOM JUAN.

: bien.

JODELET.

Ecoutez donc, & vous l'allez apprendre:
e desir violent de vous voir à Burgos
ous fit aller bien viste, & par mons & par vaux:
e voyage fut court, mais à nostre arrivée
n Frere mis à mort, une Sœur enlevée,
ans sçavoir où, par qui, ny pourquoy, ny cõment,
ous penserent quasi gâter le jugement.

DOM JUAN.

quel propos, méchant, viens-tu r'ouvrir ma
    playe
ar le ressouvenir d'une perte trop vraye?
a! Frere non vangé, Sœur qui m'ostes l'honneur!
t de ton assassin, & de ton suborneur
e sçauray par mon bras si bien me satisfaire,
Que je pourray vanter ce que j'avois à taire.
lais venons au Portrait.

JODELET.

J'y vay tant que je puis,
lais, ma foy, je ne sçay quasi plus où j'en suis,
e ne fais que tirer, & rengainer ma langue;
Car vous interrompez à tous coups ma harangue,
e n'ay pourtant rien dit qui ne soit à propos.

DOM JUAN.

Que ne raconte-tu la chose en peu de mots?

JODELET.

Je ne puis, ny parler tandis qu'un autre cause,
Pour moy, je dis toûjours par ordre chaque chose.
Or pour vostre Portrait que j'avois oublié.....

DOM JUAN.
Jamais ſes longs diſcours ne m'ont tant ennuyé,
JODELET.
A peine fûmes-nous de retour en Caſtille,
Que Fernand de Rochas vous propoſa ſa Fille.
Là-deſſus, ſon Portrait qui vous fut apporté,
Vous rendit plus brûlant que le Soleil d'Eté,
Vingt mil écus eſtoient offerts avec la Belle,
Et vous pour la charmer, côme vous l'eſtiez d'elle,
Vous vouluſtes auſſi qu'elle euſt voſtre Portrait,
Ainſi vous la frappiez avec ſon meſme trait;
Lors à bon chat, bon rat, & la pauvre Donzelle
Eſtoit pour en avoir profondement dans l'aiſle.
Le ſtratagême eſtoit d'Amant bien rafiné,
Mais le Ciel autrement en avoit ordonné.
DOM JUAN.
Enfin, finiras-tu quelque jour ton hiſtoire?
JODELET.
Oüy, Seigneur, mais il faut vous remettre en me-
    moire;
Car pour moy je ſuis las de me reſſouvenir.
DOM JUAN.
Fuſſe-tu las auſſi de tant m'entretenir;
J'ay bien icy beſoin de patience extréme.
JODELET.
Vous vous ſouviendrez donc, que voſtre Peintre
Me voulut peindre auſſi.   (meſme
DOM JUAN.
                        Pourſuy, je le ſçay bien.
JODELET.
Sçavez-vous bien auſſi qu'il ne m'en coûta rien,
Et que ce bon Flamäd eſt brave hôme, ou je meure.
DOM JUAN.
Et bien croy-tu pouvoir achever dans une heure?

As-tu brûlé, vendu, beu, mangé mon Portrait?
L'ay-je encore, l'a-t-elle, enfin qu'en as-tu fait?
JODELET.
Donnez-moy patience, & vous l'allez apprendre:
Mais retournons chez nous, & laiſſons-là la Flãdre.
Comme j'eſtois apres à vous empaqueter,
Vous ſçavez que je ſuis tres-facile à tenter,
Et que le Ciel m'a fait curieux de nature,
Pour voſtre grand malheur j'aviſay ma peinture,
Celle qu'au Païs-bas, comme je vous ay dit,
Sans qu'il m'en coûtaſt rien voſtre Peintre me fit;
Je la mis auſſi-toſt vis-à-vis de la voſtre,
Pour voir ſi l'une eſtoit auſſi belle que l'autre:
Lors je ne ſçay comment le Diable s'en meſla,
Ny ne vous puis conter comment ſe fit cela,
La mienne prit la poſte, & la voſtre reſtée,
Fit que j'eus quelques jours la teſte inquietée:
Mais le temps qui diſſipe & chaſſe les ennuis,
M'ayant favoriſé de quelques bonnes nuits,
Je me ſuis défâché de peur d'eſtre malade.
Vous, ſi vous me croyez, ſans faire d'incartade,
Vous ne ſongerez plus au mal que j'ay commis,
Puis que c'eſt par mégarde, il doit eſtre remis;
Voila la verité, comme on dit, toute nuë.
DOM JUAN.
Et qu'aura-t-elle dit de ta face cornuë?
Chien, qu'aura-t-elle dit de ton nez de Blereau?
Infame.
JODELET.
Elle aura dit que vous n'eſteſ pas beau,
Et que ſi nous eſtions artiſans de nous-meſmes,
On ne verroit par tout que des beautéz extrêmes,
Qu'un chacun ſe feroit le nez effeminé,
Et que vous l'avez tel que Dieu vous l'a donné:

Mais que mal à propos peu de chose vous choque,
Si vous pouvez demain luy conter l'équivoque!
Quand elle vous verra brillant comme un Phébus,
Vous me remercirez d'un si plaisant abus.

DOM JUAN.

Paix-là, je voy quelqu'un qui sçaura bien peut-
Où loge Dom Fernand, va le joindre.   (estre

JODELET.

                    Mon Maistre.

DOM JUAN.

Que veux-tu? parle bas.

JODELET.

                Peut-estre il n'en sçait rien.

DOM JUAN.

Ha, mal-heureux poltron! tu mériterois bien
Qu'il te donnast cent coups.

JODELET.

                Il le pourra bien faire.

Cavalier!

SCENE II.

ESTIENNE, JODELET, D. JUAN.

ESTIENNE.

Qui va là?

JODELET.

                Soit dit sans vous déplaire,
Où loge Dom Fernand?

ESTIENNE.

C'eſt icy ſa maiſon.

JODELET *hauſſant la voix.*

Ha vrayment pour ce coup mon Maiſtre avoit
raiſon.
Le Beau-pere eſt trouvé, venez viſte ſon Gendre,
Nous n'avons qu'à fraper.

ESTIENNE.

Et moy je vien d'apprendre
Que je ſuis un vray ſot de leur avoir montré
Où mon Maiſtre tantoſt eſt en cachette entré,
Et d'où je le tiens preſt de ſortir tout à l'heure.
Mais j'y veux donner ordre.

DOM JUAN.

Eſt-ce icy qu'il demeure?

ESTIENNE.

Oüy, mais il eſt malade, & n'aime pas le bruit.
Quelles gens eſtes-vous?

JODELET.

Nous n'allons que la nuit,
Nous portons à la nuit amitié ſinguliere,
Et ſerions bien fâchez d'avoir veu la lumiere:
Nous ſommes de Norvegue, un Païs vers le Nort,
Où maudit d'un chacun eſt tout Homme qui dort.
Pour moy je ne dors point, voyez-vous-là mon
Maiſtre;   (eſtre.
C'eſt le plus grand veilleur, qui ſe trouve peut-

ESTIENNE.

Ou plûtoſt un Voleur qui me fera raiſon
De m'avoir l'autre jour ſurpris en trahiſon.
Oüy, je le connois bien, & vous eſtiez enſemble.

JODELET.

Hôme un peu bien colere, & bien fou ce me ſemble.
Sçachez ſi nous l'étions la moitié tant que vous,

Que de ma blanche main vous auriez mille coups,
Et si vous ne fuyez, que cette mienne lame
N'aura plus de fourreau que celuy de vostre ame.
Mon Maistre avancez-vous, je commence à mollir,
Et sans l'obscurité vous me verriez pallir.

DOM JUAN.

A moy, Rustaut, à moy, que je vous civilise.

ESTIENNE.

Si faut-il, Tenébreux, que je vous dépaïse;
A deux cens pas d'icy, quoy que vous soyez deux,
Si vous osez me suivre on s'y battra bien mieux.

DOM JUAN.

Oüy-da, je vous suivray.

JODELET.

        La peste, comme il drille,
J'ay pourtant eu frayeur de ce chien de Soudrille,
Autrement, sans péril je luy cassois les os.
Foin, je n'auray jamais poltron plus à propos.
Mais d'où diable est sorty cét autre vilain Hôme?

SCENE III.

D. LOUIS, JODELET, D. JUAN.

DOM LOUIS *descend du Balcon.*

Estienne.

JODELET.

    L'on y va.

DOM JUAN.

      C'est son Valet qu'il nomme,

Celuy qui devant nous vient de gagner au pié.
DOM LOUŸS.
Ou je me trompe fort, ou je suis épié;
Mais la rumeur icy troubleroit Isabelle,
Et je dois mépriser l'honneur pour l'amour d'elle.
Fuyons puis qu'il le faut.
DOM JUAN.
     Demeure, ou tu es mort!
Demeure encor un coup.
JODELET.
     Diantre qu'il pousse fort.
DOM JUAN.
Dis ton nom vistement, ou je t'oste la vie.
JODELET.
Je suis Dom Jodelet, natif de Sigovie.
DOM JUAN.
Au diable le maraut; & l'Homme du Balcon....
JODELET.
Il s'en est envolé leger comme un Faucon,
Et moy sot que je suis je vuidois sa querelle,
Tandis que le poltron enfiloit la venelle.
De deux grands vilains coups que vous m'avez
   poussez,
J'ay crû mes intestins par deux fois offensez,
Vous estes un peu prompt : mais de grace, mon
   Maistre,
On sort donc à Madrid ainsi par la fenestre?
Vous ne me dites mot?
DOM JUAN.
     L'as-tu bien entendu?
JODELET.
Oüy.
DOM JUAN.
J'en suis tout confus.

JODELET.

Et moy tout confondu.

DOM JUAN.

Je ne dois pas icy rien faire à la volée.

JODELET.

Vous avez, ce me semble, un peu l'ame troublée.

DOM JUAN.

Oüy je l'ay, Jodelet, & j'en ay du sujet;
Mais, raisonnons un peu là-dessus.

JODELET.

C'est bien fait,
Raisonnons, aussi bien j'en ay tres-grande envie,
Et je ne pense pas durant toute ma vie
Avoir esté jamais en mes raisons si fort:
Raisonnons donc, mon Maistre, & raisonnons bien
fort.

DOM JUAN.

Je suis né dans Burgos, pauvre, mais d'une race
Exempte, jusqu'à moy, de honte & de disgrace.

JODELET.

Fort bien.

DOM JUAN.

A mon retour de la guerre à Burgos
Je me trouve attaqué de deux differens maux,
Le meurtre de mon Frere, & ma Sœur enlevée,
Quoy que soigneusement dans l'honneur élevée,
Me causent un chagrin qui n'eut jamais d'égal.

JODELET.

Fort mal, fort mal, fort mal, & quatre fois fort mal.

DOM JUAN.

Dom Fernand me choisit pour époux d'Isabelle.
Ton Portrait pour le mien est receu de la Belle.

JODELET.

Pas trop mal,

DOM JUAN.
Nous traitons cette affaire fans bruit,
Et je pars pour Madrid, où j'arrive de nuit.

JODELET.
Un peu mal.

DOM JUAN.
Sans fonger à me chercher un gifte,
Mon amour droit icy m'ameine.

JODELET.
Un peu trop vîte.

DOM JUAN.
Je rencontre un Valet où loge Dom Fernand,
Qui me fait à deffein querelle d'Allemand.
J'en voy fortir fon Maiftre.

JODELET.
Il eft vray qu'il détale
Comme un poltron qu'il eft.

DOM JUAN.
Mais de peur de fcandale,
Certes il ne vint point à nous comme un poltron.

JODELET.
Comment y vint-il donc le malheureux larron?

DOM JUAN.
Il y vint, Jodelet, comme aimé d'Ifabelle.

JODELET.
Fort mal.

DOM JUAN.
Et c'eft cela qui me met en cervelle.

JODELET.
Raifonnons donc encore.

DOM JUAN.
Ah ne raifonnes plus,
Tes fots raifonnemens font icy fuperflus.
Attens, certain confeil que l'amour me fuggére

Guérira mes ſoupçons, c'eſt en toy que j'eſpere.
Il faut que dés demain, ô mon cher Jodelet,
Tu paſſes pour mon Maiſtre, & moy pour ton Valet:
Ton Portrait ſuppoſé fait icy des merveilles.
Qu'as-tu, cher Jodelet, tu branles les oreilles?

JODELET.

Tous ces déguiſemens ſentent trop le baſton,
J'aime mieux raiſonner, & puis que diroit-on,
Dom Juan eſt Valet, & Jodelet eſt Maiſtre,
Et ſi par grand malheur, car enfin tout peut eſtre,
Voſtre Maiſtreſſe m'aime, & ſi je l'aime auſſi?

DOM JUAN.

De cela, Jodelet ne prens aucun ſoucy,
Le mal ſera pour moy, mais durant cette feinte
Les trop juſtes ſoupçons dont mon ame eſt atteinte
Pourront eſtre éclaircis; car comme Jodelet,
Je feray confidence avecque ce Valet,
Je feray l'amoureux de la moindre Soubrette,
Mes préſens ouvriront l'ame la plus ſecrette;
Toy, mangeant comme un chancre, & buvant com-
        me un trou,
Paré de chaîne d'or comme un Roy de Pérou,
Sans prendre aucune part à ma mélancolie.....

JODELET.

Je commence à trouver l'invention jolie.

DOM JUAN.

Chez le bon Dom Fernand tu ſeras régalé,
Et moy, de mes ſoupçons ſans ceſſe bourelé,
Je me verray réduit à te porter envie,
Sans eſpoir de guérir durant ma triſte vie.

JODELET.

Et ne pourray-je pas pour mieux repreſenter
Le Seigneur Dom Juan, quelquefois charpenter

Sur voſtre noble dos? bien ſouvent ce me ſemble
Vous en uſez ainſi.

DOM JUAN.

Quand nous ſerons enſemble
Tous ſeuls, & ſans témoins, oüy je te le permets.

JODELET.

Potages mitonnez, ſavoureux entremets,
Biſques, paſtez, ragous, enfin dans mes entrailles
Vous ſerez digérez; & vous lâches Canailles,
Courtiſans de Madrid, luiſans, polis & beaux,
Nous vous en fourniſons des Cocus de Burgos,

Fin du Premier Acte.

ACTE II.
SCENE PREMIERE.

ISABELLE, BEATRIS.

ISABELLE.

Royez-moy, Beatris, faites voſtre paquet,
Sans penſer m'ébloüir avec voſtre caquet,
Je ne veux plus de vous.

BEATRIS.

Et du moins que je ſçache
Pour quel mal contre moy ma Maiſtreſſe ſe fâche?

ISABELLE.

Vous ne le ſçavez pas?

BEATRIS.

Ma foy, ſi j'en ſçay rien,
Ne puiſſay-je jamais hanter les Gens de bien.

ISABELLE.

N'importe, je vous chaſſe.

BEATRIS.

Et bien donc patience,
Je n'ay pourtant rien fait contre ma conſcience;
Et je veux ſi jamais j'ay contre vous manqué,
Crever comme un boudin que l'on n'a pas piqué.

Tout ce malheur me vient de cette ame traîtresse,
Et tout mô peché n'est qu'aimer trop ma Maîtresse
Vrayment l'on dit bien vray que toûjours les Flat-
     teurs
Sont plus crûs mille fois que les bons Serviteurs..

ISABELLE.

Oüy, Dame Beatris, vous estes innocente,
Il n'est point dans Madrid de meilleure Servante,
Vous n'avez point ouvert mon Balcon cette nuit.
Vous n'alliez pas nuds pieds pour faire moins de
     bruit?

BEATRIS.

Helas! je m'en souviens, c'estoit vostre dentelle
Que j'avois mis sécher dessus une ficelle,
Et j'eus peur que la nuit on la prit en ce lieu..

ISABELLE.

Vous ne parlâstes point?

BEATRIS.
          C'est que je priois Dieu,

ISABELLE.

Quoy, si haut......

BEATRIS,
          Je le fais, afin que Dieu m'entende,
t la dévotion en est beaucoup plus grande.

ISABELLE.

t l'Homme qui sauta de mon Balcon en bas,
stoit-ce ma dentelle?

BEATRIS.
          Ah! ne le croyez pas.

ISABELLE.

e l'ay veu, Beatris.

BEATRIS..
          Ha, ma bonne Maîtresse,
l est vray, Dom Loüis,......

                              B

ISABELLE.

Ah Dieu! ce nom me blesse,
Quoy ce fut Dom Loüis?

BEATRIS.

Oüy, voître beau Cousin,

ISABELLE.

Mon beau Cousin, méchante, & pour quel beau
   dessein
L'aviez-vous introduit, infame, abominable!

BEATRIS.

Si c'est un grand peché que d'estre charitable,
Vous avez grand sujet de me crier bien fort;
Mais si vous m'écoutiez, je n'aurois pas grand tort.

ISABELLE.

Vous parlerez long-temps avant que je vous croye,

BEATRIS.

Ne puissiez-vous jamais souffrir que je vous voye,
Si je ne vous dis vray. Ce fut donc hier au soir
Que le bon Dom Loüis vint icy pour vous voir;
A cause qu'il pleuvoit je le mis dans la Salle,
Ce fut bien malgré moy, car je crains le scandale;
Mais le drolle qu'il est entra bon-gré mal-gré,
Tost aprés, j'entendis cracher sur le degré
Voître Pere Fernand, vous sçavez bien qu'il crache
Plus fort qu'aucun qui soit dans Madrid que je
   sçache.
Au bruit de ce crachat Dom Louïs se sauva
Dedans voître Balcon, qu'entr'ouvert il trouva;
Je l'enfermois encor lors que vous arrivastes,
Avecque le Vieillard trop long-téps vous causastes;
Cependant Dom Loüis le Balcon habitoit,
Où de vos longs discours peu content il estoit;
Enfin, quand je vous vis dans le Lit assoupie,
Moy qui suis de tout temps encline à l'œuvre pie,

Ie l'allay délivrer tres-charitablement;
Il me dit qu'il vouloit vous parler un moment;
Ie dis *nescio vos,* & luy chantay goguette,
Disant, allez chercher voftre Dariolette.
Un autre l'euft fervy, car il parloit des mieux,
Et je voyois tomber les larmes de fes yeux;
Mais lors qu'en me coulant en main quelques
     piftoles,
Et qu'en me conjurant de fes belles paroles,
En m'appellant, mon cœur, ma chere Beatris,
Il m'eut mis dans le doigt une Bague de prix,
Ie veux bien l'avoüer, j'eus une telle rage,
Que je penfay deux fois luy fauter au vifage.
Non que tous fes regrets ne me fiffent pitié,
Et vrayment je le tiens de fort bonne amitié;
Mais dans vos intérefts je ne connois perfonne,
Brebis par tout ailleurs, j'y fuis une Lionne;
Et luy, fi-toft qu'il vit que ce n'eftoit plus jeu,
Que de fine fureur j'avois la face en feu,
Du Balcon fans tarder il fauta dans la Ruë,
Où j'entendis crier toft apres, tuë, tuë;
Voila ce grand fujet de mon exclufion,
Et le jufte loyer de mon affection,
Il faut bien que je fois Fille peu fortunée;
Ie fondois mon bon-heur deffus voftre hymenée,
Et fi de Dom Juan, qu'on dit eftre venu,
Mon zéle à vous fervir, pouvoit eftre connu,
Ie n'efperois pas moins?
                    ISABELLE.
                 Quoy? Dom Juan encore?
Un Hôme que je crains, un Homme que j'abhorre,
Apres un Dom Louïs m'eft par vous allegué.
Prétendez-vous par là me rendre l'efprit gay?
Adieu Fille de bien, que plus je ne vous voye.
                    B ij

BEATRIS.

Au diable Dom Loüis, c'eſt-là que je t'envoye,
Maudit ſoit le Badaut, & l'Amoureux tranſy,
Le malheureux qu'il eſt me cauſe tout cecy;
Eſt-il dedans Madrid Fille plus malheureuſe?

SCENE II.

DOM FERNAND, BEATRIS, ISABELLE.

DOM FERNAND.

Qu'avez-vous, Beatris, vous faites la pleureuſe.
BEATRIS.
Voſtre Fille me chaſſe, & ſi je n'ay rien fait
Que luy repréſenter qu'elle doit en effet
Agréer Dom Juan, parce qu'il le mérite,
Et que vous le voulez.
DOM FERNAND.
                    La cauſe eſt bien petite
Pour vous mettre dehors, & ma Fille a grand tort,
Mais pour vous r'ajuſter je feray mon effort.
Faites-la moy venir. Souvent mon Iſabelle,
Et cette Beatris ont enſemble querelle,
Tantoſt c'eſt pour un mot de travers répondu,
Pour un Miroir caſſé, pour du Blanc répandu,
Souvent auſſi ce n'eſt que pour une vetille,
C'eſt à dire pour rien; mais j'apperçoy ma Fille,
Ce n'eſt pas la ſaiſon de chaſſer des Valets

Quand il ne faut penser qu'à Dances & Balets;
Pour moy tout le premier je veux faire gambade,
Car j'espére aujourd'huy Dom Juan d'Alvarade.

ISABELLE.

Espérez, espérez cet agréable Epoux,
Moy j'espére la mort moins cruelle que vous.

DOM FERNAND.

Je suis donc bien cruel, puis qu'elle est moins
    cruelle,   (belle.
Vrayment, nostre Isabeau, vous nous la baillez-
Ah! que si je croyois mon esprit irrité,
Vostre jeune museau se verroit souffleté;
Et si je faisois bien, qu'avec ces deux mains closes,
Je ternirois de Lis & fanerois de Roses!
Vous voulez volontiers quelque Godelureau,
Qui méthodiquement vous lêche le morveau,
Un faiseur de Recueils, un debiteur de Rimes,
Un de ces Libertins qui causent aux Minimes,
Un plisleur de Canons, un de ces fainéans
Qui passent tout un jour à noüer des galans,
Ou se faire traîner, couchez dans un Carosse.
Si je luy faisois playe, ou du moins une bosse,
Ne ferois-je pas bien? qu'en dis-tu ma raison,
Puis-je oublier sa faute à moins d'estre un Oyson?
La Coquine s'en rit, & je veux qu'elle en pleure;
Et moy, j'en ris aussi, peu s'en faut, ou je meure.
Quand quelqu'un pleure ou rit, j'en use tout ainsi,
Et parce qu'elle rit, je m'en vay rire aussi,
Peste, que je suis sot!   *Il rit voyant rire sa Fille.*

ISABELLE.

                Je confesse, mon Pere.
Que vous avez raison de vous mettre en colere;
Mais confessez aussi, regardant ce Tableau,
Affreux au dernier point, bien loin de s'embler beau,

Que ma douleur est juste alors qu'elle est extréme,
Et qu'il faut bien qu'il soit la brutalité mesme,
Le Brutal sur lequel ce Marmouset est fait.

DOM FERNAND.

Vous jugez donc d'un Homme en voyant son Por-
        trait.
Souvent un vilain corps loge un noble courage,
Et c'est un grand menteur souvent que le visage;
Il est vray, celuy-cy doit se plaindre de l'art,
Et tout y représente un insigne Pendart.
Où diable ay-je pesché ce détestable Gendre?
Et comment Dom Fernand a-t-il pû se méprendre?
Je pensois bien avoir trouvé la pie au nid,
Mais pourtant, mais pourtant, beaucoup de gens
        m'ont dit
Qu'on estime à la Cour ce Juan d'Alvarade.
Or bien, promettez-moy sans faire de boutade,
Que vous le traitterez par tout civilement,
Et moy je vous promets foy d'Hôme qui ne ment,
S'il se trouve aussi sot que sa peinture est laide,
A tous ces embarras de donner bon remede.
Mais une Dame vient qui ne se veut montrer,
Je voudrois bien sçavoir qui l'aura fait entrer,
Sans venir demander si nous sommes visibles;
Les bourreaux de Valets sont tous incorrigibles.
Madame, sans vous voir, & sans vous demander
Le nom que vous avez, vous pouvez commander.

SCENE III.

LUCRESSE, DOM FERNAND.

LUCRESSE.

JE n'attendois pas moins d'une ame si civile,
Je viens, ô Dom Fernand, chez vous chercher
   azile;   (heur?
Mais puis-je sans témoins vous conter mon mal-

DOM FERNAND.

Oüyda, retirez-vous.

LUCRESSE.

              Fay si bien ma douleur,
Que l'on puisse trouverquelque excuse à mesfautes.
Nòn, je ne me plains point du repos que tu m'oftes,
Si je puis faire voir, par mes pleurs infinis,
Que mes yeux ont esté de mon crime punis.
Mes yeux, mes traîtres yeux qui receurent la flame
Qui noircit mon honneur, & me couvre de blâme,
Mes traîtres yeux de qui les criminels plaisirs
Me feront à la fin exhaler en soûpirs,
Pleurez donc, ô mes yeux, soûpirez ma poittine.

DOM FERNAND.

Parbleu, cette Etrangere est de fort bonne mine.

LUCRESSE.

Et vous, mes foibles bras, embrassez ces genoux,
Vous ne me verrez point lever de devant vous,
Que je n'aye obtenu le secours que j'espére.

DOM FERNAND.

Ce ſtile eſt de Romant, & je vous en révére,
Ma ſotte d'Iſabeau n'a jamais leu Romant.
Quant eſt de moy, j'eſtime Amadis grandement;
Vous n'eſtes pas perſonne à qui rien on refuſe;
De refuſer auſſi perſonne ne m'accuſe.
Croyez donc aiſément, tout cela ſuppoſé,
Qu'il ne vous ſera rien de ma part refuſé.

LUCRESSE.

Il faut donc, ô Fernand, que je vous importune
Du récit de ma race, & de mon infortune.
Pour ma race bien-toſt vous en ſerez ſçavant,
Car mon Pere deffunt m'a dit aſſez ſouvent
Qu'il avoit avec vous fait amitié dans Rome,
Et qu'il vous connoiſſoit pour brave Gentil-
    homme.

DOM FERNAND.

Ces Vers ſont de Mairet, je les ſçay bien par
    cœur,
Ils ſont tres à propos, & d'un tres-bon Autheur,
Toûjours d'un bon Autheur la lecture profite,
Et ſçavoir bien des Vers, eſt choſe de mérite.

LUCRESSE.

Burgos eſt donc la Ville où je receus le jour,
Mais cette Ville auſſi vit naître mon amour,
Et je dois l'abhorrer, & pour l'un & pour l'autre.
Helas! fut-il jamais Deſtin pareil au noſtre!
Car ma Mere en travail quand je naſquis, mou-
    rut,
Mon Pere de regret, quand mon amour parut.
Cruel reſſouvenir de ma faute paſſée,
Quand donnerez-vous tréve à ma triſte penſée?
Diego d'Alvarade eſt le nom qu'il avoit,
Avec beaucoup de ſoin ſa bonté m'élevoit,

Je luy

Je luy fis efpérer beaucoup de mon Enfance:
Mais helas! cé fut bien une fauſſe efpérance,
Mes deux Freres n'eſtoient pas moins de luy chéris,
Car le Ciel les avoit traitez en Favoris,
Je vivois avec eux contente & fortunée.
Mais que l'Amour bien-toſt changea ma deſtinée!
Un Etranger qui vint aux Feſtes de Burgos,
Fit voir en nos Tournois qu'il avoit peu d'égaux,
Nous nous vîmes le ſoir dedans une Aſſemblée,
Je ſouffris ſon abord, & j'en fus cajolée,
Ou plûtoſt mon efprit fut par le ſien charmé,
Il feignit de m'aymer, tout de bon je l'aymé:
Mais ſouffrez que mes pleurs vous apprennent le
    reſte,
Car tout en eſt honteux, car tout en eſt funeſte,
Puis que mon crime, helas! un Frere me ravit,
  t que d'affliction mon Pere le ſuivit.
Moy, ſans pleurer leur mort, ſans rougir de ma
    flame,
L'amour avoit banny la raiſon de mon ame,
J'adorois en efprit mon infidéle Amant,
Que j'attendy deux ans à Burgos vainement.
A la fin je voy bien que je ſuis délaiſſée,
Je quitte mes Parens, & comme une infenſée,
Maudiſſant mon amour, ſouhaittant le trépas,
Pour trouver ce méchant j'adreſſe icy mes pas.
Helas! il m'avoit dit qu'il me ſeroit fidéle,
Mais qu'on croit aiſément alors qu'on ſe croit
    belle,
Et que pour s'aſſurer d'un cœur comme le ſien
La beauté bien ſouvent eſt un foible lien!
J'en ſuis, ô Dom Fernand, un exemple effroya-
    ble,
Car pour avoir crû trop un Tigre impitoyable,

C

Qui me prit par les yeux, & triompha de moy,
Se déguiſant d'un nom auſſi faux que ſa foy,
Je me voy devant vous comme une forcenée,
Maudiſſant mille fois le jour ſa deſtinée.
Helas! que contre moy le Ciel eſt irrité,
Puis que tout mon eſpoir n'eſt qu'un nom apoſté,
Et qu'avec cét eſpoir juſtement je m'étonne,
Quand je voy que ce nom n'eſt connu de perſonne!
Cependant il eſt vray qu'il habite ces lieux,
L'ingrat, car l'autre jour il parut à mes yeux;
Mais je ne le pûs joindre, & je n'ay pû connoître
Par un nom qu'il n'a pas, la demeure d'un traître
Que le Ciel à mes yeux ne devroit plus cacher,
Si les pleurs avoient pû juſqu'icy le toucher;
Mais je m'adreſſe à vous comme au dernier reméde,
Pour trouver cét ingrat, je demande voſtre aide,
Je ſçay bien, vû le rang qu'en ces lieux vous tenez,
Qu'il me fera raiſon ſi vous l'entreprenez;
Je n'allegueray point mon Pere & ſa mémoire,
Je veux vous conjurer par voſtre ſeule gloire,
Et ſans vous obliger d'un langage flateur.

DOM FERNAND.

Pour faire court, je ſuis voſtre humble ſerviteur,
Et l'ay toûjours eſté de Monſieur voſtre Pere,
Il me faiſoit l'honneur de m'appeller ſon Frere;
Quand à vous, diſpoſez de tout ce que je puis,
Ma Fille tâchera d'adoucir vos ennuis.

SCENE IV.

BEATRIS, DOM FERNAND.

BEATRIS.

MOnsieur voſtre Neveu demande auec inſtance
De vous entretenir pour choſe d'importance.

DOM FERNAND.

Madame, je reviens à vous dans un moment.
Beatris, menez-la dans mon Appartement,
Et qu'on faſſe venir mon Neveu tout à l'heure.
Cette Dame eſt la Sœur de mõ Gendre, ou je meure,
Il me faut preſſentir s'il voudra bien la voir,
Nous ne laiſſerons pas de tout noſtre pouvoir
De chercher ſon Amant & la tirer de peine.
Et bien, cher Dõ Loüis, quelle affaire vous meine,
En quoy puis-je ſervir un ſi brave Neveu?

SCENE V.

DOM LOUIS, DOM FERNAND.

DOM LOUIS.

MOnſieur, un mien Amy m'a mandé depuis peu
Que j'avois ſur les bras une grande querelle,

Je sçay bien pour chercher un Conseiller fidéle,
Puis qu'il est question d'honneur & de combats,
Que m'adressant à vous, je ne me trompe pas.

DOM FERNAND.

Au moins ne pouvez-vous en employer un autre
Qui vous cherisse plus, & qui soit autant vostre;
Jusques au dégaîner je vous le montreray.

DOM LOUIS.

      Oüy, je vous le liray.

DOM FERNAND.

Lisez donc, aussi bien j'ay perdu mes Lunettes,
Et n'est pas trop aisé d'en recouvrer de nettes.

DOM LOUIS.

LETTRE.

Le jeune Frere de celuy
Que vous avez tué pour quelques Amourettes,
Part de ce Païs aujourd'huy
Pour aller en Cour où vous estes:
Io ne sçay pas pour quel sujet,
Mais je sçay bien que vous l'écrire,
Pour éviter pareil accident, ou bien pire,
Est à moy fort bien fait.

      Dom Pedro Osorio,

DOM FERNAND.

Où fut-ce?

DOM LOUIS.

Dans Burgos.

DOM FERNAND.

      Estoit-ce un Cavalier?

DOM LOUIS.

Oüy, de mes grands Amis.

DOM FERNAND.

En combat singulier?

DOM LOUIS.

Non, ce fut par mégarde, & durant la nuit noire.

DOM FERNAND.

Contez-moy le détail de toute cette Histoire.

DOM LOUIS.

Vous allez tout sçavoir.

DOM FERNAND.

S'entend en peu de mots?

DOM LOUIS.

Vous vous souvenez bien des Festes de Burgos;
Pour le premier Enfant qu'eut la grande Isabelle,
Des Royales vertus le plus parfait modéle,
Vn Amy qui faisoit trop d'estime de moy
M'invita de venir à ce fameux Tournoy,
Pour montrer avec luy nostre valeur commune.
Là, contre six Taureaux j'eus assez de fortune;
Dans les autres Combats j'eus un bon-heur égal,
Le soir, il me mena voir les Dames au Bal,
Vne Beauté m'y prit, & je la pris de mesme.
Dans ce commencemēt j'eus un bon-heur extrémo;
Helas! ce grand bon-heur à la fin se trouva
Vn des plus grands malheurs qui jamais m'arriva,
Le lendemain j'obtins de l'aller voir chez elle;
Si je luy plaisois fort, je la trouvois fort belle;
Et certes je l'aimois aussi sincérement
Que peut jamais aimer un véritable Amant.
Pour faire court, un soir que nous estions ensemble,
J'entens rompre la Porte, & je la voy qui tremble,
Je me leve & je mets mon épée à la main,
Elle prend la Chandelle, & la souffle soudain.
La Porte s'ouvre, on entre, on m'attaque, on me
    blesse;

Sans voir, je pouſſe, pare, & plus d'heur que d'a-
          dreſſe
J'en fais d'abord choir un bleſſé mortellement,
Puis dans l'obſcurité je m'échape aiſément.
Helas! le jour d'aprés quelle fut ma triſteſſe,
Quand le Mort ſe trouva Frere de ma Maiſtreſſe!
Et de plus, ô mal-heur, dur à mon ſouvenir,
Ce meſme intime Amy qui m'avoit fait venir,
Comment ne ſceus-je point que cette pauvre
          Amante
Depuis deux ou trois mois logeoit chez une Tante!
Comment ne ſçûmes-nous devant ce triſte jour,
Moy, qu'il euſt une Sœur, ou luy, moy de l'amour
Mais c'eſt vous ennuyer d'une plainte inutile,
Ayant toûjours celé mon nom en cette Ville,
J'en ſortis aiſément ſans eſtre ſoupçonné.
C'eſt à vous qui voyez l'avis qu'on m'a donné,
Et qu'en cét embaras quaſi tout m'eſt contraire,
De me dire en Amy tout ce que j'y dois faire.
Je ſçay bien ſi je veux des conſeils ſur ce point,
Qu'aucun ne peut donner ce que vous n'avez point,
Que mon Hôme eſt icy, je n'en fay point de doute,
Qu'il tâche à me trouver, l'apparence y eſt toute,
Je ne puis le fuir ſans grande lâcheté,
Je ne puis le tuer auſſi ſans cruauté,
Je ne puis l'inviter à ſe battre ſans crime,
Et tout menace icy ma vie & mon eſtime.
Mais on frape à la Porte.
DOM FERNAND.
                    Et meſme rudement,
Et qui Diable oſe ainſi heurter inſolemment?

SCENE VI.

BEATRIS, DOM FERNAND, DOM LOUIS, ISABELLE.

BEATRIS.

Mon Maiſtre, cent écus pour ſi bonne nou-
   velle,
Et qu'on faſſe venir ma Maiſtreſſe Iſabelle;
Voſtre Gendre eſt là bas, beau, poly, frais tondu,
Poudré, frizé, paré, riant comme un perdu,
Et couvert de Bijoux comme un Roy de la Chine.

DOM LOUIS.

Vous avez donc ainſi marié ma Couſine
Sans qu'on en ait rien ſçû? Vous eſtiez bien preſſé.

DOM FERNAND.

Oüy.

DOM LOUIS.

Helas! que ce mot m'a rudement bleſſé.

DOM FERNAND.

Beatris, viſtement que ma Fille s'ajuſte,
Va donc viſte.

BEATRIS.

J'y cours.

DOM LOUIS.

Que le Ciel eſt injuſte!

DOM FERNAND.

Ha vrayment mon eſprit n'eſt pas mal partagé,
Mon Neveu l'agreſſeur, mon Gendre l'outragé;

Comment donc garantir ma Maiſon de carnage?
Ha, ma Fille, approchez.

DOM LOUIS.

Que de bon cœur j'enrage!

DOM FERNAND.

Allons le recevoir.

ISABELLE.

Ou plûtoſt à la mort.

SCENE VII.

JODELET, DOM JUAN, ISABELLE, DOM FERNAND, DOM LOUIS.

JODELET *ſuivy de Dom Iuan.*

CEtte Chambre eſt fort belle, & je m'y plairay
fort.

ISABELLE.

O qu'il eſtoit bien peint!

DOM JUAN.

O qu'elle eſtoit bien peinte!

JODELET *s'entre-taillant.*

Ce maudit Eperon m'a bleſſé d'une atteinte.

DOM FERNAND.

Soyez le bien venu, Monſeigneur Dom Juan.

DOM JUAN.

Répon.....

JODELET.

Le Beau-pere a de l'air d'un Chahuan,
Et vous, le bien trouvé.

ISABELLE.
L'agréable figure!
JODELET.
Quoy, toûjours ce Vieillard, ô le mauvais augure!
Je m'en veux délivrer, il me tient trop long-téps.
DOM FERNAND.
Mon Gendre n'est pas sage, il parle entre ses dents.
JODELET.
Vous servez donc toûjours d'Ecran à vostre Fille?
DOM JUAN.
Que dis-tu, malheureux?
DOM LOUIS.
La demande civile!
JODELET.
Maudit soit le fâcheux.
ISABELLE.
De qui donc parle-t-il?
JODELET.
Ne puis-je point de face, ou du moins de porfil,
Vous guigner un moment, ô charmante Isabelle?
De grace, D. Fernand, que l'on m'approche d'elle,
Ou du moins qu'on m'en montre ou jambe, ou bras,
ou main.
DOM FERNAND.
Ma Fille avoit raison, mon Gendre est un vilain.
JODELET.
O Dieu! qu'en ce Païs on est chiche d'Epouse!
Ailleurs j'aurois déja des baisers plus de douze;
Parbleu je la verray, dussay-je estre indiscret.
DOM FERNAND.
O Dieu, qu'il m'a fait mal!
JODELET.
Je vous pousse à regret;
Mais je suis Amoureux, équitable Beau-pere.

Je vous voy donc enfin, ô beauté que j'eſpére,
Vous me voyez auſſi, mais pourray-je ſçavoir
Si vous prenez grand gouſt en l'honneur de me
     voir?

DOM LOUIS.

C'eſt fort bien débuter.

DOM FERNAND.

                    O l'impertinent Gendre!

JODELET.

Ils rient tous, ma foy; rient-ils de m'entendre?
Eſt-ce que j'ay tenu quelque propos de fat?
Jodelet, on n'eſt pas chez nous ſi delicat;
Si je ne ſuis aſſiz, j'en lâcheray bien d'autres:
Là! Seigneur Dom Fernand, faites venir des vôtres,
Vous eſtes mal ſervy, mais j'y mettray la main.

DOM FERNAND.

Mon Gendre, encor un coup, n'eſt ma foy qu'un
     vilain.

Beatris, viſtement que l'on apporte un ſiege.

JODELET.

Dites-moy, ma Maitreſſe, avez-vous bien du liege?
Si vous n'en avez point, vous eſtes ſur ma foy
D'une fort belle taille, & digne d'eſtre à moy.

DOM LOUIS.

Le joly compliment!

ISABELLE.

                    Ce Jouvenceau cauſe.

Dites-moy, mon Soleil, vous eſt-il quelque choſe?
Ou ſi c'eſt un Plaiſant?

ISABELLE.

                    C'eſt mon Couſin germain.

DOM FERNAND.

Pour la troiſiéme fois mon Gendre eſt un vilain.

DOM JUAN.
Ce beau Coufin germain tous mes foupçons ré-
veille.

JODELET.
N'avez-vous point fur vous quelque bon Cure-
oreille?
Je ne puis dire quoy me chatoüille dedans,
Hier je rompy le mien en m'écurant les dents.
Quoy, vous riez encore?

DOM LOUIS.
A propos, ma Coufine,
Vous ne contemiez point Monfieur touchant fa
mine;
Il vous a dit tantoft qu'il defiroit fçavoir
Si vous preniez grand goût en l'honneur de le voir.

ISABELLE.
Jen'ay jamais rien veu qui luy foit comparable,
Et je ne penfe pas qu'il trouve fon femblable
Et de corps & d'efprit.

JODELET.
Chacun en dit autant.
Mais les vingt mil écus eft-ce en argent contant?
Eclairciffez-nous-en, & vuidons cette affaire.

DOM LOUIS.
Quoy, Seigneur Dom Juan, vous eftes mercenaire?

JODELET.
Tous ceux qui le croiront feront de vrais badaus,
Et l'on n'en vit jamais dans les Alvarados.

DOM LOUIS.
Dans les Alvarados! n'aviez-vous pas un Frere?

JODELET.
Oüy, qu'un lâche Affaffin occit, mais par derriere.

DOM JUAN.
Si Dom Juan fçavoit quel eft cét Affaffin,

Il iroit luy manger le cœur dedans le ſein.
S'il faut qu'entre mes mains ce déteſtable tombe,
Le moindre de ſes maux eſt celuy de la tombe;
Je le déchirerois, le traître, à belle dents,
Je l'irois affronter entre cent feux ardents:
Mais il tuë en Voleur, & ſe cache de meſme.

DOM LOUIS.

Vrayment de ce Valet l'impudence eſt extréme;
Quelqu'un m'a dit pourtant…

DOM JUAN.

Et que vous a-t-on dit?

DOM LOUIS.

Que ce fut par malheur.…

DOM JUAN.

Ce quelqu'un-là mentit,
Ce fut en trahiſo.

DOM LOUIS.

Vous voyez ſon audace,

ISABELLE.

Qu'avecque ſa fureur il conſerve de grace!

DOM LOUIS.

Vous vous émancipez.

JODELET.

Il n'a pas le cœur bas,

DOM LOUIS.

Je vous trouveray bien.

DOM JUAN.

Je ne vous fuiray pas.

DOM LOUIS.

Si ce n'eſtoit le lieu, je vous ferois bien taire,

JODELET.

Mon Valet eſt vaillant, & quaſi téméraire.

DOM LOUIS.

Quoy, mon Oncle un Valet?

DOM FERNAND.
Hé! mon Dieu, qu'eſt-ce-cy?
e beau commencement de nopces!

JODELET.
Mon ſoucy,
aiſſons-les quereller, & diſons des ſornettes;
u bien ſi vous vouliez prendre vos Caſtagnettes,
e plaiſir ſeroit grand.

DOM FERNAND.
Oüy, c'en eſt la ſaiſon,
ous n'avez pas encor viſité la Maiſon,
Prenez, Monſieur, ma Fille, ouvrez la Galerie
iſtement, Beatris. Mon Neveu je vous prie....
Allons, mes chers Amis, allons, qu'attendons-nous?

JODELET.
Je ſuis ſans compliment.

DOM FERNAND.
C'eſt fort bien fait à vous.

SCENE VIII.

DOM JUAN ſeul.

ENfin dans mes ſoupçons je voy quelque lu-
miere,
Je n'ay plus qu'à trouver l'Aſſaſſin de mon Frere,
Je n'ay plus qu'à trouver mon imprudente Sœur,
Je n'ay plus qu'à trouver ſon lâche Raviſſeur,
Avec ce beau Couſin je n'ay plus qu'à me prendre,
C'eſt l'Homme du Balcon, l'on vient de me l'ap-
prendre;

J'ay sçû de son Valet tirer les vers du nez,
Je sçauray bien encor, Amans bien fortunez,
Si vous faites de moy les moindres railleries,
Tandis que mon esprit s'abandonne aux furies,
Mesler dans vos plaisirs quelque chose d'amer,
Et mesme vous haïr au lieu de vous aimer;
Si je puis découvrir, trop aimable Isabelle,
Que vous ne soyez pas aussi sage que belle.

Fin du Second Acte.

ACTE III.

SCENE PREMIERE.

DOM LOUIS, ESTIÈNNE.

DOM LOUIS.

NE m'importune plus, le fort en eſt jetté;

ESTIENNE.

Vrayment ce Dom Juan eſt par vous
bien traité.
Vous avez abuſé ſa Sœur, tué ſon Frere,
Vous prétendez encore en ſa Femme?

DOM LOUIS.

J'eſpére
En ma perſévérance, en Béatris, en toy,
En mon Oncle Fernand, en Iſabelle, en moy,
J'eſpére en Dom Juan, en ſa mine importune,
Et plus que tout cela j'eſpére en la Fortune.
Bon, voicy Béatris.

SCENE II.

BEATRIS, ESTIENNE, D. LOUIS.

BEATRIS.

Ha! Monsieur, est-ce vous?

ESTIENNE.

Non, c'est le grand Mogor.

BEATRIS.

Tout beau, Roy des Filous,
Je parle à vostre Maistre.

DOM LOUIS.

Et bien, que fait le Gendre?

BEATRIS.

Vous parlez d'un sujet où l'on peut bien s'étendre,
Ce beau jeune Seigneur, tantost qu'on a disné,
A mangé comme un diable, & s'est déboutonné,
Puis dans un Cabinet qui joint la vieille Salle
S'est couché de son long sur une Natte sale;
Vn peu de temps aprés il s'est mis à ronfler,
Je n'ay jamais oüy Cheval mieux renifler.
Toute la Vitre en tremble, & les Vers s'en cassent;
Mais si je vous disois les choses qui se passent...

DOM LOUIS.

Ma pauvre Béatris.

BEATRIS.

Mom pauvre Dom Loüis,

DOM LOUIS.

C'eſt de toy que je tiens le bien dont je jouïs.

BEATRIS.

J'en dis autant de vous, mais ce n'eſt qu'en promeſſe.

N'importe, ce n'eſt pas le gain qui m'intéreſſe.

DOM LOUIS.

Ha, non, je veux mourir, demande à ce Valet
Si je n'ay pas laiſſé mon or ſous mon chevet;
Mais je reçoy demain quatre ou cinq cens Piſtoles.

BEATRIS.

Bien, bien, écoutez donc la choſe en trois paroles,
J'ay hâte: Dom Fernand voſtre Oncle eſt en-
ragé,
Et voudroit de bon cœur ſe voir bien dégagé;
Voſtre chere Iſabelle également enrage,
Juſques-là qu'elle en a ſouffleté ſon viſage.
Le temps eſt, ou jamais, de joüer voſtre jeu,
Il faut battre le fer tandis qu'il eſt au feu,
Et ſi vous ne ſçavez bien peſcher en eau trouble,
Je ne donnerois pas de voſtre affaire un double;
Tâchez donc de la voir & de l'entretenir,
Promettez comme quand on ne veut pas tenir,
Employez hardiment voſtre meilleure Proſe,
N'oubliez pas le Lys, n'oubliez pas la Roſe,
Dites-luy bien qu'elle eſt l'objet de tous vos
vœux,
Pleurez & ſoûpirez, arrachez des cheveux,
Puis ſur vos grands Chevaux, monté comme un
S. George,
Dites que pour bien moins on ſe coupe la gorge,
Que Dom Juan n'a pas encore ce qu'il prétend,
Qu'en tout cas vous ſçavez fort bien comme on ſe
tend.

Si l'Insolent vous nuit, reprenez le modeste,
Invoquez-moy la mort, ou pour le moins la peste,
Ne vous étonnez point, si elle fera beau bruit;
Mais vous sçavez qu'on perd le combat quand on
       fuit;
Or si vous en tirez la moindre lachrymule,
Je vous donne gagné, foy de Béatricule;
Vous riez, Dom Ioüis, de ce diminutif,
Dame nous en usons, & du superlatif.
Vn certain jeune Autheur qui tâche de me plaire,
Quand je vay visiter mon Cousin le Libraire,
M'apprend tous ces grands mots; mais adieu, je
       m'enfuis,
J'ay causé trop long-temps, maudite que je suis,
Car voicy ma Maistresse, & son Pere avec elle,
Cachez-vous en ce coin; & vous Jean de Nivelle
Sauvez-vous vistement.

ESTIENNE.

                        Adieu donc faux Teston.
BEATRIS.

Je te hâteray bien, si je prens un bâton.

SCENE III.

DOM FERNAND, ISABELLE.

DOM FERNAND.

PLûtost mourir cent fois que fausser ma parole,
ISABELLE.

Mais mon Pere.

DOM FERNAND.

Mais quoy, vous estes une folle,
Tout ce que vous pouvez seulement espérer,
Est que je pourray bien vos Nopces différer.
Mais a-t-on veu jamais affaire plus meslée?
Ma foy, j'en ay quasi la cervelle fellée,
Mon Gendre est offensé, je le dois estre aussi,
Si c'est par mon Neveu, que dois-je faire icy?
Dois-je abandonner l'un, pour me joindre avec
    l'autre?
Ventre de moy; par tout il y va bien du nostre,
L'un me tient par le sang, & l'autre par l'honneur,
Et j'ay besoin icy d'un extréme bon-heur.

ISABELLE.

Quoy, ce fut Dom Loüis qui luy tua son Frere?

DOM FERNAND.

La Sœur de Dom Juan m'implore contre luy,
Luy puis-je honnestement refuser mon apuy?
Aujourd'huy mon Neveu m'est venu tout de même
Dire qu'il a besoin de ma prudence extréme
Contre un Homme qu'il a doublement offensé,
Et cét Homme est mon Gendre; & moy, pauvre
    insensé,
Tantost à mon Neveu, tantost à ce beau Gendre,
Je ne sçay quel party je dois laisser ou prendre,
Oüy ma foy, j'en suis fou, si jamais je le fus,
Adieu, je vay tâter mon Gendre-là dessus.

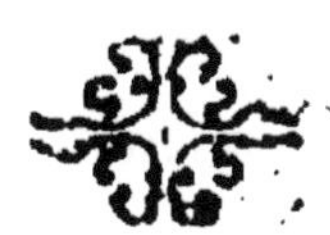

SCENE IV.

ISABELLE *ſeule.*

ET moy je vay pleurer ma triſte deſtinée.
O Ciel! à quel brutal m'avez-vous condamnée!
N'eſtoit-ce pas aſſez de cette averſion,
Sans me troubler encor d'une autre paſſion?
Oüy Ciel! c'eſtoit aſſez pour eſtre malheureuſe,
Mais vous voulez encor que je ſois amoureuſe.
Ha! c'eſt trop me haïr que de me faire aymer
Vn que je n'oſerois à moy-meſme nommer.
Toy, qui n'es pas pour moy, faut-il que je t'a-
　　dore?
Et toy pour qui je ſuis, faut-il que je t'abhorre?
Et qu'un troiſiéme mal à ces deux maux ſoit
　　joint,　　　　　　　　　　　　　　　(point?
De Dom Loüis qui m'ayme, & que je n'ayme
Oüy, bien loin de t'aymer, je te hay, miſérable.
Mais ſi ton mal eſt grand, le mien eſt effroyable,
Laiſſe, laiſſe-moy donc, importun Dom Loüis,
Regarde au prix de moy de quel heur tu joüis,
Tu n'es que trop vangé de la pauvre Iſabelle,
Toy qui peux ſans rougir te dire amoureux d'elle,
Toy qui peux ſans rougir luy découvrir ton feu,
Et tu te plains encore, comme ſi c'eſtoit peu.
Va, va, conſole-toy, ma fortune eſt bien pire,
Car j'ayme, malheureuſe, & je n'oſe le dire;
Et de plus, je te hay, j'ay ce mal plus que toy,
Et de plus, Dom Juan ſera maiſtre de moy,

Ainſi je hay, je crain, & je ſuis amoureuſe.
Avec ces paſſions puis-je eſtre bien-heureuſe?
Helas, de tous ces maux qui me déliviera?

SCENE V.

DOM LOUIS, ISABELLE.

DOM LOUIS.

Moy, charmáte Iſabelle, & quand il vous plaira,
Moy de ce Dom Juan vous ſerez dégagée,
Puis qu'envers Dom Loüis voſtre humeur eſt
    changée,
Puis que de Dom Loüis autrefois mépriſé,
Le violent amour ſe voit favoriſé.   (épée
Commandez donc, Madame, & bien-toſt cette
Dans le ſang odieux de Dom Juan trempée,
Vous fera confeſſer devant la fin du jour,
Que rien n'eſtoit égal à vous que mon amour.

ISABELLE.

O Dieu! me propoſer des crimes de la ſorte!
ſors d'icy malheureux, ſors devant que je ſorte,
D'une indigne pitié que preſque malgré moy
Meſme nom, meſme ſang, me font avoir pour toy,
Et comment m'ayme-tu, ſi tu me crois capable
D'écouter ſeulement un deſſein ſi coupable?
Ah! ne te flatte point dedans ta paſſion,
Tu ne ſeras jamais que mon averſion:
Va, va-t-en à Burgos faire des perfidies,
Va, va-t-en à Burgos joüer tes Tragedies,

Vas-y tromper la Sœur, & tuer le Germain,
Et me laisse en repos, exécrable inhumain;
Assez grands sont les maux de la pauvre Isabelle,
Sans tâcher de la rendre encore criminelle.

DOM. LOUIS.

Ha, si jamais.....

ISABELLE..

Tay-toy, le plus noir des esprits,
Ou bien je rempliray la Maison de mes cris.

SCENE VI.

BEATRIS, DOM LOUIS, ISABELLE.

BEATRIS.

HA mon Dieu parlez bas, Dom Fernand & le
Gendre
Sont dessus l'Escalier, ils vous pourroient entedre.
Je ne voy pas comment avec facilité
Dom Loüis sortira; car de l'autre costé
Son suffisant Valet avec sa bonne mine
Dans la Chambre prochaine a je croy pris racine.

ISABELLE.

Et que ferons-nous donc?

DOM LOUIS.

Si j'osois....

ISABELLE.

Laisse-mo[y]

DOM. LOUIS.

Si ce Valet fâcheux;....

ISABELLE.

Il l'eſt bien moins que toy,
Béatris...

BEATRIS.

Par ma foy je tremble en chaque membre,
ſi vous vouliez pourtant le mettre en voſtre Chambre....

ISABELLE.

Où tu voudras, pourvû qu'il ſoit loin de mes yeux.

BEATRIS.

Mettez-vous donc un peu deſſus le ſérieux,
Et m'appellez bien haut effrontée, impudente.

ISABELLE.

J'enten bien, cét avis n'eſt pas d'une imprudente,
Car j'ay hauſſé la voix d'une étrange façon.
Vrayment vous me donnez une belle Leçon,
Eſtes-vous une folle, ou ne ſuis-je pas ſage,
Que vous m'oſez tenir un ſi hardy langage?
Dom Juan n'eſt pas beau, Dom Juan vous déplaiſt.
Laiſſez-là Dom Juan, je l'ayme comme il eſt.
Ha vrayment Béatris la ſotte, ſi mon Pere
Apprend ce bel avis....

SCENE VII.

DOM FERNAND, JODELET ISABELLE, D. JUAN.

DOM FERNAND.

V Ous eſtes en colére.
ISABELLE.
C'eſt pour certain Bijou qu'on m'a pris ou perdu.
JODELET.
Non, non, à d'autres, non, j'ay lé tout entendu.
Vous ne m'aymez donc pas, Madame la traiſtreſſe?
Et vous me deſſervez auprés de ma Maiſtreſſe?
Ha, Louve! ha, Porque! ha, Chienne! ha, Braque!
    ha, Loup-garou!
Puiſſe-tu te briſer bras, main, pied, chef, cul, cou,
Que toûjours quelque Chien contre ta jupe piſſe,
Qu'avec ſes trois goſiers Cerbérus t'engloutiſſe,
Le grád Chien Cerbérus, Cerbérus le grand Chien,
Plus beau que toy cent fois, & plus hôme de bien.
DOM FERNAND.
Retirez-vous d'icy, ſotte, mal aviſée.
JODELET.
Ne vous en ſervez plus, ce n'eſt qu'une ruſée,
Je la garanty telle.
DOM FERNAND.
                    O Dieu! je meurs de peur,
Que ce maiſtre brutal n'aille trouver ſa Sœur,

Il faut le mettre aux mains avecque fa Maîtreffe.
Je vous quitte un moment pour affaire qui preffe;
Ma Fille cependant demeure aupres de vous.

JODELET.

Bien, bien, allez-vous-en. En dépit des Jalous
Ne pourray-je fçavoir, ô Beauté fucculente,
Que j'ayme autant qu'un Oncle, & bien plus
    qu'une Tante,
Comment dans voftre cœur Dom Juan eft logé?
Je n'ay pû le fçavoir, & j'en fuis enragé.

ISABELLE.

Pour vous dire la chofe avec toute franchife,
Aüjourd'huy feulement je fuis d'amour éprife;
Je n'avois dans l'efprit que de l'averfion,
Le dédain feulement eftoit ma paffion:
Mais helas, croyez-moy, depuis voftre venuë
La flâme de l'amour m'eft feulement connuë;
Et bien que mon amour à nul autre fecond
Doive fe réjoüir quand le voftre y répond,
Au contraire, je fuis dans une peine extréme,
De voir que vous m'aymez, & qu'il faille que
    j'ayme,
Car voftre humeur du mien ne peut eftre le prix;
Encore que par vous mon cœur fe trouve pris,
Bien qu'à vous, & chez vous, eft tout ce que j'a-
    dore,
Sçachez pourtant qu'en vous eft tout ce que j'ab-
    horre.

JODELET.

Ma foy j'entens bien peu ce difcours rafiné,
Je connoy feulement qu'il eft paffionné.
Où diable prenez-vous tant de Philofophie?

ISABELLE.

Il faut bien envers vous que je me juftifie,

E

Vous doutez de ma flâme. Oüy, j'ayme encor un
      coup,
Ce que j'ayme eſt à vous, & je l'ayme beaucoup;
Alors qu'en vous voyant j'apperçoy tout enſemble
L'objet de mon amour, & je brûle, & je tremble,
Je brûle de deſir, & je tremble de peur,
Vous cauſez à la fois, ma joye & ma douleur.
Fut-il jamais un mal plus étrange & plus rare?
Lors que je le dis moins, quaſi je le declare,
Et ſi je le diſois, au lieu de m'alléger,
Au lieu de me guérir, je ſerois en danger;
Et quand ſans découvrir ou bien cacher ma flâme
Je tâche à déguiſer ce que je ſens dans l'ame,
En ce déguiſement je trouve un ſort égal,
C'eſt à dire par tout je n'ay rien que du mal.

JODELET.

J'enten encore moins ce diſcours-cy que l'autre,
Je connoy ſeulement que l'amour la rend noſtre,
Que la Pauvrette brûle à noſtre intention,
Car elle me lorgnoit avec attention,
Depuis que je vous vis, bel Ange tutelaire.
Parbleu pour achever je ne ſçay comment faire;
Approchez, mon Valet, faites pour moy l'amour,
Puis àpres je viendray la reprendre à mon tour.

DOM JUAN.

Mais, Monſieur.

JODELET.

      Mais Faquin, vous voudriez peut-eſtre
Me donner des conſeils, ſuis-je pas voſtre Maiſtre?
Et quï ſçait mieux que vous le bien que je luy
      veux,
Et qui pourra donc mieux luy faire ſçavoir, Gueux.

DOM JUAN.

Madame, j'obéy, puis qu'on me le commande.

JODELET.

Qu'il a peur de faillir avec sa Houpelande!
C'a, radouciſſez-vous ſans faire le Railleur,
Faites bien les doux yeux, & donnez du meilleur;
Je m'en vay cependant faire aupres de la Porte
Quelques réfléxions ſur choſe qui m'importe.

BEATRIS.

Comment pourray-je donc tirer hors de ſon trou
Ce maudit Dom Loüis? male-peſte du fou.

JODELET.

Mais n'eſt-ce point auſſi, Madame, ſon Etoille
Qui la pouſſe ſur nous, comme on dit, à plein
   Voile?
La Fortune, ma foy, s'iroit rire de moy,
Si m'offrant tel bon-heur je ne vous l'empaumoy.
Mon Maiſtre, que ſçait-on, peut en eſtre bien aiſe;
Mais s'il arrive auſſi que cela luy déplaiſe,
Prenons l'occaſion au péril d'un affront,
Par le fin beau toupet qu'elle a deſſus le front;
Par derriere elle eſt chauve, & reſſemble une Go-
   gue.
Mais qui l'eut jamais dit, qu'un viſage de Dogue
Pûſt donner de l'amour? il faut en profiter,
Et quand nous ferons ſeuls je prétens la tenter.
Reſvons un peu deſſus cette préſente affaire.
Mon Valet, vous a-t-on mis là pour ne rien faire?
Vous parlez à l'oreille; ha, vrayment maiſtre ſot;
Ou vous parlerez haut, ou vous ne direz mot.

DOM JUAN.

J'ay crû que parlant haut, je pourrois vous diſ-
   traire.

JODELET.

Non, non, parlez tout haut, ſi vous voulez me
   plaire.

DOM JUAN.

Je m'en vay donc vous dire icy ma paſſion;
Mais tout ce que je fais n'eſt rien que fixion,
Ie ne ſuis pas icy ce que je devrois eſtre,
Et ce n'eſt pas ainſi que j'y devrois paroître.
Lors que je m'imagine, objet charmant & doux,
Le bien qu'aura celuy qui ſera voſtre Epoux,
Mon ame, je l'avouë, eſt de fureur ſaiſie,
En un mot je me ſens épris de jalouſie;
C'eſt aſſez vous montrer que j'aime avec excez.
Mais qui m'aſſurera d'avoir un bon ſuccez?

JODELET.

Oſtez-vous viſtement, je tiens une penſée
Qui vaut ſon peſant d'or. Si mon ame inſenſée,
Tout ainſi que la Mer a ſon flux & reflux,
Pouvoit s'émanciper. Ha! je ne la tien plus,
Elle m'eſt échapée, adorable Iſabelle,
Le plaiſir que je prens en vous voyant ſi belle
M'a ſéché la mémoire, & tronblé les eſprits,
Ou bien plûtoſt c'eſt toy, maudite Beatris,
Qui me porte guignon; allons viſte, qu'on gille;
Vous auſſi, mon Valet, qui faites tant l'habile,
Qu'on me laiſſe icy ſeul.

ISABELLE.
              Quoy, ſeul, qu'en diroit-on!

JODELET.
Et qui peut en parler, ſi je le trouve bon?

ISABELLE.
Au moins que Beatris....

JODELET.
            Ie n'en veux point démordre.
Vous ne pouvez faillir, puis que c'eſt par mon or-
Puis, je n'ay point encor viſité le Balcon,   (dre;
Allons-y prendre l'air, on dit qu'il y fait bon.

ISABELLE.

Oüy, principalement lors que quelque vent soufle.

DOM JUAN.

Quel diable de deſſein peut avoir ce Maroufle;
Je le veux obſerver.

JODELET.

Allons donc, mon ſoucy.

ISABELLE.

Vous me diſpenſerez, je ne bouge d'icy.

JODELET.

Oüy, vous ne bougerez. Ah! c'eſt trop de myſtere.
Sçavez-vous que je ſuis un Homme tres-colere?
Cà donc, viſte, qu'on vienne.

ISABELLE.

O Dieu! quel inſolent!
Quoy me tirer ainſi d'un effort violent,
Et je puis vivre encor? ô fortune cruelle!
Faut-il que ce Brutal trouve que je ſuis belle,
Et que pour éviter le péril que je cours,
Le trépas ſoit le ſeul qui m'offre ſon ſecours?

JODELET.

Ha! ma Reyne, de grace….

ISABELLE.

O le dernier des Hommes!
Sçache, ſi ce n'eſtoit les termes où nous ſommes,
Que je t'arracherois & le cœur & les yeux,
Et qu'avec ces deux mains….

JODELET.

Mais plûtoſt faites mieux,
Souffrez que je les baiſe.

ISABELLE.

Ha! je ſuis enragée:
Quoy! je n'eſtois donc pas déja trop outragée?
Laiſſons-là ce Brutal.

B iij

DOM JUAN *le ſurprend.*
Ha, ha! maiſtre vilain,
Vous vous ingérez donc de luy baiſer la main?
JODELET.
Moy! c'eſt qu'elle a baiſé la mienne.
DOM JUAN.
Ame de bouë,
Tu railles donc, pendart, & tu croy que je jouë?
Infame, ſac à vin, inſolent, effronté,
Tu te repentiras de ta témerité.
JODELET.
Ha mon Maiſtre!
DOM JUAN.
Ha Coqüin!
JODELET.
Ha la téte, ha l'épaule,
Ha de grace, Seigneur!
DOM JUAN.
Si j'avois une Gaule
Je te ferois crier d'une étrange façon:
Mon Dieu! c'eſt elle-meſme.
JODELET *ſe jette ſur ſon Maiſtre.*
Et comment, beau Garçon,
Oſes-tu devant moy médire d'Iſabelle?
Tu ne la trouve donc que paſſablement belle?
Maiſtre grimpe-potence, & par haut & par bas,
Et de pieds & de mains.
ISABELLE.
Hé, ne le frapez pas.
DOM JUAN.
Ha Bourreau!
JODELET.
Tu ſçauras comme les bras ſe caſſent,

ISABELLE.

Que vous a-t-il donc fait?

JODELET.

Ce sont chaleurs qui passent.
Le voyez-vous bien là ce vray Gripe-manteau,
Il ne mérite pas qu'on luy donne de l'eau.
Tu ne la trouve donc que passablement belle?
Et d'esprit elle n'est aussi que telle-quelle?

ISABELLE.

Il me haït donc, l'Ingrat, ha! c'est pour en mourir.

DOM JUAN.

Je ne puis differer, je vay me découvrir;
Enfin, je ne suis plus...

JODELET.

Loin, loin d'icy profane,
N'atten plus rien de moy, si ce n'est coups de Câne.
Puis-je pas le chassant retenir son Habit?

ISABELLE.

Non, non, si j'ay chez vous tant soit peu de crédit,
Qu'il ne soit point chassé, ce n'est pourtant qu'un
        traître.

DOM JUAN.

Jamais Coquin peut-il plus offenser son Maistre?
Et qui l'eust jamais crû de ce chien de Valet?

JODELET.

Je vous quitte un moment, mon Ange.

ISABELLE.

Jodelet.

DOM JUAN.

Madame.

ISABELLE.

Je rougis, & ne sçay que luy dire.
Je vous nommois tantost l'autheur de mon mar-
        tyre,

Et j'avois de l'amour pour vous, n'en croyez rien,
Ce n'est qu'à Dom Iuan que je voulois du bien;
Vous estiez Dom Iuan alors, mais à cette heure
Vous estes Jodelet.

DOM LOUIS.

Ha, Madame, je meure,
S'il me peut arriver jamais un bien plus doux,
Que de voir D. Iuan quelque jour vostre Epoux.

ISABELLE.

Il ne m'ayma jamais, j'en suis trop asseurée.

DOM JUAN.

Iamais chose de moy ne fut plus desirée,
I'y mets toute ma gloire, & mon ambition.

ISABELLE.

Vous estes donc content, car c'est ma passion.

DOM JUAN.

Oüy, je serois content, trop aimable Isabelle,
Si j'estois asluré que vous fussiez fidelle,
Mais helas! jusqu'icy, tant mon malheur est grand,
Tout semble vous convaincre, & rien ne vous de-
fend.

SCENE VIII.

BEATRIS, ISABELLE.

BEATRIS.

IL s'en est donc allé, le Mignon de couchette,
Ie pourray maintenant tirer de sa cachette
Le Seigneur Dom Loüis,

SABELLE.

L'as-tu bien veu sortir?

BEATRIS.

Il n'en faut point douter.

ISABELLE.

Va le faire partir,
Et me vien retrouver au Iardin.

BEATRIS.

Malheureuse,
Ne voy-je pas sortir cette Dame pleureuse.
A qui diable en veut donc ce fantôme hideux?
Peste soit de la Dame, & du sot Amoureux.

SCENE IX.

LUCRESSE, DOM LOUIS.

LUCRESSE.

CE procedé nouveau me surprend & m'é-
tonne,
C'est mal me proteger alors qu'on m'abandonne.
Ie reviens, m'a-t-il dit, à vous dans un moment,
Et comme si c'estoit trop de ce compliment,
Et de m'avoir donné sa Chambre pour azile,
Il est peut-estre allé se divertir en Ville.
Ie viens tout maintenant d'oüir des Gens parler,
Crier fort haut, se battre, & se bien quereller:
Tout cecy me paroist de fort mauvais augure,
Mais je leur veux montrer une autre procedure,
Ie prendray congé d'eux avant que de sortir,
Ie ne puis faire moins que les en avertir.

Je penſe que voila la Chambre d'Iſabelle,
Elle eſt ouverte, entrons, & prenons congé d'elle.
Mais j'y voy, ce me ſemble, un Homme, ô Dieu!
Je ne puis l'éviter.   (c'eſt luy,

DOM LOUIS.

                    Je penſe qu'aujourd'huy
Beatris a deſſein de faire icy mon giſte;
Mais, ô chere Iſabelle, où courez-vous ſi viſte?
Je ne ſuis pas icy pour vous perſecuter;
Quoy! vous ne voulez pas ſeulement m'écouter,
Et cependant pour vous nuit & jour je ſoûpire.
Helas, je n'ay qu'un mot ſeulement à vous dire.
Vous m'avez envoyé tantoſt faire à Burgos
Des crimes aſſez noirs pour n'avoir point d'égaux,
Vous m'avez reproché ma flâme criminelle,
Comme ſi je trouvois quelque autre Fille bell
Apres vous avoir veuë, ou celle que j'y vy,
Dont pour paſſer le temps je me feignis ravy,
Ne poſſeda jamais que des appas vulgaires,
Qu'elle eſtimoit charmans , & qui ne l'eſtoient
          guéres.
Pour vous le témoigner, mon nom je luy feigny,
Et ce fut par pitié que je me contraigny
A paſſer quelques nuits deviſant avec elle;
Je n'en ay depuis eu ny demandé nouvelle,
D'en ſçavoir ce n'eſt pas aujourd'huy mon ſoucy,

LUCRESSE *ouvrant ſon voile.*

Ha, je t'en veux apprendre, Infame, la voicy,
Celle qui n'eut jamais que des appas vulgaires,
Celle qui t'aymoit tant & que tu n'aymois guéres,
Qui te hait maintenant, & qui te haïra,
Qui morte ou vive, aimée ou mépriſée, ira
Te reprocher par tout, Amant impitoyable,
Que ne t'ayant rien fait que n'eſtre pas aimable.

Tu la devois laisser pour ce qu'elle valoit,
Sans feindre de l'aimer; osly traistre, il le falloit,
Et ne l'appeller pas, & ton ame & ta Reyne.
Helas! j'aurois un Frere, & je serois sans peine,
Au lieu que je me voy par cette trahison
Sans honneur, sans appuy, sans Frere, & sans Mai-
    son.
Tu pense m'échaper, homicide, parjure.
Au secours, à la force.

DOM LOUIS.

Ha, Madame, je jure
Que vous serez contente.

LUCRESSE.

Ame & double & sans foy...

SCENE X.

D. JUAN, LUCRESSE, D. LOUIS.

DOM JUAN.

Quel desordre est cecy?

LUCRESSE.

Dieu, qu'est-ce que je voy?

DOM JUAN.

N'est-ce pas là ma Sœur?

LUCRESSE.

N'est-ce pas là mon Frere?

DOM JUAN.

Et l'un & l'autre objet me mettent en colere,

DOM LOUIS.

A qui donc en veut-il?

DOM JUAN.

Ie ſuis tout aſſuré
Du crime de ma Sœur, je n'ay pas averé   (elle
Tout à fait mes ſoupçons, commençons donc par
Malheureuſe.

LUCRESSE.

Ha! Seigneur.

DOM LOUIS.

I'entreprens ſa querelle,
Encore qu'elle cherche à ſe vanger de moy:
Mais quel droit prétens-tu ſur elle?

DOM JUAN.

Ie le doy.

DOM LOUIS.

Toy, n'es-tu pas Valet?

DOM JUAN.

Dom Iuan eſt mon Maiſtre,
Son honneur eſt le mien..

LUCRESSE.

Il ſe celle peut-eſtre
Avec quelque deſſein.

DOM LOUIS.

Quoy, me voir quereller
Deux fois par un Valet?

DOM JUAN.   *Lucreſſe veut ſortir.*

Ha! non pour s'en aller
C'eſt ce que je ne veux & ne dois pas permettre:
Mais en cette Maiſon qui vous a donc pû mettre,
Et pourquoy tant de cris?

LUCRESSE.

Vous allez tout ſçavoir.
I'entrois dans cette Châbre, & c'eſtoit pour y voir

Isabelle; j'ay veu cét Homme, ce me semble,
Qui m'a paru surpris; las, encore j'en tremble,
A quelle intention il s'y vouloit cacher,
Ie ne sçay; le voyant sortir, pour l'empêcher,
I'ay crié, mais je croy que sans voftre venuë…

DOM JUAN.

C'eft affez, c'eft affez, mon offenfe eft connuë,
Ie veux fermer la Porte.

LUCRESSE.

Helas, je meurs de peur.

DOM JUAN.

Il faut, ô Dom Loüis, faire voir sa valeur.

DOM LOUIS.

Tu mourras de ma main.

DOM JUAN.

Ie vous tien.

LUCRESSE.

Ie suis morte.

DOM LOUIS.

On frape, on vient à nous.

DOM JUAN.

Achevons, il n'importe.

SCENE XI.

DOM FERNAND, LUCRESSE,
DOM JUAN, DOM LOUIS,
ISABELLE.

DOM FERNAND *dehors.*

IL la faut enfoncer.
LUCRESSE.
Je feray bien d'ouvrir.
DOM· JUAN *parlant bas à ſa Sœur.*
N'ouvrez pas, ſi par toy l'on peut me découvrir....
LUCRESSE.
Ha, Seigneur Dom Fernand, appellez tous les
voſtres.
DOM FERNAND.
Arreſtez; par la mort, le premier de vous autres
Qui nĕ rengaignera, je feray contre luy:
O Dieu, que d'embarras m'accablent aujourd'hny!
Qui vous a mis icy, mon Neveu? vous, Lucreſſe,
Qui vous a découverte? & vous, quel mal vous
preſſe,
Qui n'avez fait encore icy que quereller?
DOM LOUIS.
Vous allez tout ſçavoir.
DOM JUAN.
Non, laiſſez-moy parler,
Je le ſçay mieux que luy; mais il faut que je ſçache
Si ce n'eſt pas ceans que Lucreſſe ſe cache,

¡Dom Loüis n'eſt pas Parent de la Maiſon.
DOM FERNAND.
ÿii, l'un & l'autre eſt vray.
DOM JUAN.
N'eſt-ce pas la raiſon
c'un Valet dans l'honneur d'un Maiſtre s'inte-
reſſe   (bleſſe.
ors que dans ſon honneur on l'attaque, on le
DOM FERNAND.
n ne le peut nier.
DOM JUAN.
Ecoutez ſi j'ay tort.
e ſuis icy couru que l'on crioit bien fort;
ucreſſe avoit trouvé, ſans doute à l'inſçeu d'elle,
. Loüis dans la Chambre où ſe couche Iſabelle;
el'ay veuë éplorée, aux priſes avec luy,
l faut qu'il ait eſté caché tout aujourd'huy,
ar je n'ay pas levé l'œil de deſſus la Ruë,
t l'on n'a pû ſortir ſans paſſer à ma veuë.
DOM LOUIS.
a! c'eſt pour un Valet trop de rafinement.
DOM JUAN.
e ne ſuis pas au bout, il faut aſſurément,
ſon Maiſtre eſtant Epoux de Madame Iſabelle,
u'il ſe trouve offenſé pour Lucreſſe ou pour elle.
l ſourroit bien encor l'eſtre pour toutes deux,
e ne puis donc manquer en un cas ſi douteux,
uis qu'en toutes les deux il peut aller du noſtre,
D'achever, Dom Loüis, ou pour l'un ou pour
l'autre.
DOM LOUIS.
D'achever? tu n'as pas encore commencé.
DOM FERNAND.
Arreſtez, Dom Loüis, eſtes-vous inſenſé?

Jodelet, ha! voicy la plus étrange affaire
Dont on ait oüy parler.
DOM JUAN.
Vous n'y pouvez rien faire,
Il faut que je le tuë.
DOM FERNAND.
Ha, mon cher Jodelet,
Remettez voſtre Epée.
ISABELLE.
Il faut que ce Valet
Soit jaloux pour ſon Maiſtre, & la choſe eſt nou-
velle.
DOM JUAN.
On ne ſçauroit jamais vuider noſtre querelle;
Mais pour l'amour de vous j'oſe bien hazarder
Un moyen qui pourra les choſes retarder;
C'eſt que vous me faſſiez chacun une promeſſe.
Vous, Seigneur D. Fernand, de remettre Lucreſſe
Au pouvoir de ſon Frere alors qu'il le voudra.
Vous, Seigneur Dom Loüis, alors que l'on pourra,
De vous couper la gorge avec Dom Juan meſme.
DOM LOUIS.
Quant à moy je ne puis ſans une peine extréme
Prendre ou donner parole à des Gens comme toy.
DOM JUAN.
Sçachez que Dom Juan n'eſt pas autre que moy,
Si ce n'eſt que bien-toſt D. Juan vous aſſomme;
Vous ſçavez ſi je ſuis, ou puis eſtre voſtre Homme.
DOM FERNAND.
Oüy, nous vous promettons ce que vous deſirez,
Mon Neveu.
DOM LOUIS.
Je feray tout ce que vous voudrez,
Je donne ma parole.

DOM JUAN.

Et je donne la mienne
Que je n'avance rien que Dom Juan ne tienne.

DOM LOUIS.

Je n'ay donc qu'à chercher vostre Maître demain;

DOM JUAN.

Vrayment vous n'aurez pas à faire grand chemin.

DOM FERNAND.

Je m'en vay le chercher.

DOM JUAN.

Vous y pourray-je suivre?

DOM. FERNAND.

Oüiy, venez.

DOM JUAN.

J'ay bien peur que nous le trouvions yvre.

Fin du Troisiéme Acte.

ACTE IV.
SCENE PREMIERE.
LUCRESSE, ISABELLE.

LUCRESSE.

Ôstre civilité m'est icy bien cruelle;
Laissez-moy, laissez-moy sortir, belle
Isabelle.

ISABELLE.

Et quoy, vous pensiez donc ainsi nous échaper?
Le bon Homme n'est pas si facile à tromper,
Il s'en est bien douté; mais tantost il espere
De vous raccommoder avecque vostre Frere,
C'est une affaire aisée, ou je me trompe fort.

LUCRESSE.

Mon Frere ne se peut fléchir que par sa mort;
Délivrez-vous plûtost de cette Infortunée,
Ses pleurs s'accordent mal avec vostre hymenée;
Car vous diray-je enfin la chose comme elle est?
D. Juan n'est rien moins que ce qu'il vous paroît.

ISABELLE.

Ha! le voicy venir, cachez-vous je vous prie,
Vous n'avez qu'à passer dans cette Galerie,
Pour gagner le Jardin où je vous vay trouver;
Cependant je me cache icy pour l'observer.

SCENE II.

JODELET *seul, & en se curant les dents.*

SOyez nettes, mes dents, l'honneur vous le
    commande,
Perdre les dents est tout le mal que j'appréhende,
L'Ail ma foy vaut mieux qu'un Oignon,
Quand je trouve quelque Mignon,
Si-tost qu'il sent l'Ail que je mauge,
Il fait une grimace étrange,
Et dit, la main sur le roignon,
Fy, cela n'est point honorable.
Que beny soyez-vous, Seigneur,
Qui m'avez fait un misérable,
Qui préfére l'Ail à l'honneur.
  Soyez nettes, mes dents, &c.
Que ce fut bien fait au Destin
De ne faire en moy qu'un Faquin,
Qui jamais de rien ne s'offense,
Ma foy, j'ay raison quand je pense
Que plus grand est l'heur du Gredin,
Ny que du Prélat en l'Eglise,
Ny que du Prince en un Etat,
D'estre peu beaucoup je me prise,
Il n'est rien tel qu'estre pied-plat.
  Soyez nettes, mes dents, &c.
Quand je me mets à discourir
Que le corps enfin doit pourrir,

Le corps humain, où la Prudence,
Et l'honneur font leur réſidence,
Je m'afflige juſqu'au mourir.
Quoy, cinq doigts mis ſur une face,
Doivent-ils eſtre un affront tel,
Qu'il faille pour cela qu'on faſſe
Appeller un Homme en duel?
   Soyez nettes, mes dents, &c.
Un Barbier y met bien la main,
Qui bien ſouvent n'eſt qu'un vilain,
Et dans ſon métier un grand aze:
Alors que tel Barbier vous raze,
Il vous gâte un viſage humain;
Pourquoy ne t'en veux-tu pas battre,
Toy qu'un ſoufflet choque ſi fort,
Que tu t'en fais tenir à quatre?
Un Soufleté vaut bien un Mort?
   Soyez nettes, mes dents, &c.
Pour moy j'eſtime moins qu'un Chien
Celuy qui n'aime icy bas rien,
Que botte en tierce, ou bien en quarte,
Ou Cheval qui de la main parte,
Ou Piſtolet qui tire bien.
Faut-il qu'en duels on abonde
Pour quelque injure que ce ſoit,
Si coups de bâton ſont au monde,
Qui font mal quand on les reçoit
   Soyez nettes, mes dents, &c.
Meſſieurs les Lyons rugiſſans,
Qui tous allez éclairciſſans
Au gré de voſtre jaune bile,
Sçachez qu'aux Champs comme à la Ville
Un ſouflet vaut mieux que cinq cens,
Puis que ſouflets les deshonorent,

Ou les Hommes font infenfez,
Ou Meffieurs les Vivans ignorent.
Quels font Meffieurs les Trépaffez.   (mande,
Soyez nettes, mes dents, l'honneur vous le com-
Perdre les dents eft tout le mal que j'apprehende.

SCENE III.

BEATRIS, JODELET.

BEATRIS.

HA! Seigneur Dom Juan, l'on vous a bien
   cherché.

JODELET.

L'on me devoit trouver, je n'eftois pas caché..
Et qui font ces Chercheurs?

BEATRIS.

       L'un eft voftre Beau-pere,
Et l'autre Dom Louïs, Fils de fon défunt Frere.
Voftre Valet en eft auffi.

JODELET.

       J'eftois allé
Chez un Amy, manger d'un pied de Bœuf fallé,
Où j'ay trouvé d'un Ail qui fent bien mieuy que
   l'Ambre;
Quelle Clef tenez-vous?

BEATRIS.

      Celle de voftre Chambre,
Dom Fernand vous deftine un autre Apartement,
Où vous ferez bien mieux, & plus commodement,

JODELET.

Pourquoy ce changement?

BEATRIS.

Il craint la médif

Et vous ne pouvez pas avec bienséance
Coucher prés de sa Fille.

JODELET.

Ho! cher Beatris,
Sçay-tu bien que pour toy je suis d'amour épris,
De tout temps je me trouve enclin aux Beatrisses
Pour toy je couve un feu plus chaud que des épi

BEATRIS.

Moy, j'aime de tout temps les Seigneurs D. Ju
Et je sentis mon mal quand vous vinstes céans.

JODELET.

Follette, Dieu me sauve ...

BEATRIS.

Ha, prenez-la donc vi

JODELET.

Mais vien donc me mener jusqu'à ce nouveau g

BEATRIS.

Tarare, suivez-moy, j'y vay tout de ce pas.

JODELET.

Larronnesse des cœurs, tu n'échaperas pas;
Las, faut-il donc pour vous que nostre poitrine
　　arde,
Si vous n'estes pour nous qu'une Nymphe fuyai

SCENE IV.

ISABELLE, BEATRIS.

ISABELLE.

QUoy, Seigneur Dom Juan, vous courez
    Beatris?

JODELET.

e voulois tant soit peu m'ébaudir les esprits.

ISABELLE.

e ne vous croyois pas de si peu de courage.

JODELET.

Ce sont jeux de Garçon qui passent avec l'âge.

ISABELLE.

Vous donnerez de vous mauvaise opinion,
    t je dois bien douter de vostre affection.

JODELET.

Allez-vous-en filler, nostre Epouse future,
Plus grand Dame que vous est Madame Nature;
    e suis son serviteur, & le fus de tout temps,
Et nargue pour tous ceux qui n'en sont pas côteus.

ISABELLE.

e vay donc vous laisser de peur de vous déplaire.

JODELET.

Objet charmant & beau, vous ne sçauriez mieux
    faire;
Ma foy je me suis pris de mauvaise façon,
Car je sçais que son cœur ne fut jamais glaçon.
Aristote a raison, qui dit qu'une Maraude
Ne se doit point prier, mais il faut à la chaude

La griper aux cheveux, la saisir au collet,
Quelquefois l'affoiblir avec un beau souflet:
Si souflet ne suffit, user de la gourmade;
Si la gourmade est peu, lors de la bâtonnade;
Tout Homme de bon sens doit, ce dit-il, user
Pour la mettre en état de ne rien refuser:
Mais autre Censeur vient, de mes Censeurs le pi

SCENE V.

DOM FERNAND, JODELET.

DOM FERNAND.

JE vous cherche par tout, Dom Juan.

JODELET.

Que desire
L'équitable Fernand de son humble Valet?

DOM FERNAND.

N'avez-vous rien appris de vostre Jodelet?

JODELET.

Non, mais devant la nuit je le verray possible.

DOM FERNAND.

C'est pour vous proposer chose assez mal plausible

IODELET.

Quelle est donc cette chose?

DOM FERNAND.

Il faut absolument,
(Pensez bien, qu'à regret.)

JODELET.

Que faut-il? villement

DOM FERNAND.
Aller à la campagne.
JODELET.
Eſt-ce tout? que m'importe?
DOM FERNAND.
Oüy, mais c'eſt pour vous battre.
JODELET.
Ha, non en cette ſorte,
Il m'importe beaucoup; mais ſi ſans reſiſter
Je veux vous obeir, à quoy bon m'irriter?
DOM FERNAND.
Parce qu'on vous a fait une offenſe mortelle.
JODELET.
Dom Fernand , vous montrez icy peu de cervelle,
Il faut que vous ſoyez certes un Maiſtre fou.
DOM FERNAND.
Courage , Dom Juan ; mais puis-je ſçavoir d'où
Vous pouvez inferer que je ne ſois pas ſage?
JODELET.
De venir ſottement m'avertir d'un outrage
Que je ne ſçavois point, & ne voulois ſçavoir.
DOM FERNAND.
Apprenez en cela que j'ay fait mon devoir,
Et que ſi vous voulez-vous acquiter du voſtre,
Il faut , ſans vous ſervir de la valeur d'un autre,
Aujourd'huy , s'il ſe peut , voir l'épée à la main
Celuy qu'on ſçait avoir tué voſtre Germain;
Il le tüa la nuit, ſoit hazard, ſoit vaillance,
Vous devez viſtement en faire la vangeance.
JODELET.
Fut-ce la nuit?
DOM FERNAND.
La nuit.

JODELET.

Se batte qui voudra

Puis que ſans voir il tuë alors qu'il me verra.
Que pourrois-je durer contre un tel Matamore,
Et de plus, voulez-vous que je vous die encore
L'avantage qu'auroit ce dangereux Garçon?
C'eſt que cet enragé ſçait déja la façon
Dont il faut dépeſcher ceux de noſtre lignage.

DOM FERNAND.

Penſez-vous, Don Juan, avoir bien du courage?

JODELET.

Ouy-da, j'en ay beaucoup, & n'en ay que du bon.
Dites- moy ſeulement où le trouvera-t-on?
Eſt-il bien loin d'icy? ſe fera t-il attendre?
Sçavez-vous ſon Logis? le pourra-t-on apprendre?
Et ſon nom quel eſt-il?

DOM FERNAND.

Dom Loüis de Rochas.

JODELET.

Quoy, c'eſt voſtre Neveu? je ne me bats donc pas,
Puis qu'il a voſtre nom qui m'eſt ſi venerable;
Cette qualité m'eſt aſſez conſiderable
Pour me mettre à ſes pieds où je le trouveray;
Et ſi vous le voulez, meſme je l'aimeray.

DOM FERNAND.

Ce n'eſt pas tout encore, une ſeconde offence
Vous devroit contre luy porter à la vangeance,
Voſtre Sœur a ſujet de ſe plaindre bien fort.

JODELET.

veux qu'en offençant ma Sœur il ait eu tort,
Mais je ſuis de termet, & n'en déplaiſe aux Dames,
De ne prendre jamais querelle pour des Femmes.

DOM FERNAND.

Vous eſtes un Poltron, ou je me trompe bien.

JODELET.

Au Beau-pere cela ne doit toucher en rien.

DOM FERNAND.

Aprenez neantmoins que tout cecy me touche.

JODELET.

Beau-pere trop hargneux, Beau-pere trop farouche,
Beau-pere assassinant, & Beau-pere éternel,
Qui me vient proposer un acte criminel,
Que vous a déja fait un miserable Gendre,
Que vous tâchez déja de voir son sang répandre?
Monseigneur Belzebut, qui vous puisse emporter,
Vous auroit-il chargé de me venir tenter,
Si le danger n'estoit que d'un simple homicide?
Mais vous voulez sur moy voir faire un gendricide;
Et le faire devant la consommation,
Est certes, Dom Fernand, tres-cruelle action.

DOM FERNAND.

Vostre Valet tantost a donné sa parole
De se battre pour vous.

JODELET.

           Qu'il la tienne, le drole,
Je ne suis point jaloux de le voir plein de cœur.

DOM FERNAND.

Vous ne vous batez point pour Frere ny pour Sœur?

JODELET.

Il faut être en humeur de se battre, & je meure,
Si j'y fus jamais moins que j'y suis à cette heure.

DOM FERNAND.

Je vous croyois vaillant, je me suis bien trompé.

JODELET.

Quand d'un glaive tranchant je seray decoupé,
Qu'en sera mieux ma Sœur? qu'en sera mieux mon
    Frere?   (pere.
Laisse-moy donc en paix, Homme singe, ou Beau-

DOM FERNAND.

Vous n'avez qu'à chercher autre Femme à Madrid,

JODELET.

Que vous euffiez aymé pour vôtre Gendre un Cid,
Qui vous euft affommé, puis époufé Chimene?

DOM FERNAND.

N'attendez plus de moy que mépris & que haine,
O le plus grand Poltron qui jamais ait efté !

JODELET.

Je fuis, ô Dom Fernand, de voftre cruauté.
Malgré vos noires dents, Serviteur tres-fidelle,
Et je le fuis auffi de Madame Ifabelle.

DOM FERNAND.

Je ne fuis point le voftre, & hors de ma Maifon
Je vous forcerois bien à me faire raifon.

SCENE VI.

D. IVAN, D. FERNAND, IODELET.

DOM JUAN.

(colere)

Qu'avez-vous, Dom Fernand, qui vous met en

DOM FERNAND.

Ce Gendre mal choify.

JODELET.

Parlez mieux, mon Beau-pere.

DOM FERNAND.

Eloignons-nous de luy. Ce Gendre donc maudit
Vous defavoüé en tout, & m'a nettement dit,

Qu'il n'estoit point d'avis de vanger son offence,
Et qu'il ne fut jamais enclin à la vangeance;
Mesme il m'a quasi dit, qu'il a perdu le cœur;
Faites-luy revenir, sauvez luy son honneur;
Trop fidelle Valet d'un trop timide Maistre,
Montrez-luy vivement quel Homme il devoit étre,
Qu'estant de Dom Loüis doublement outragé,
C'est l'avoir bien servy que l'avoir engagé;
Quoy que son Ennemy soit Homme redoutable;
Que cette offence aussi n'est guere suportable:
Montrez-vous bon Amy, montrez-vous bon Valet,
Inspirez-luy de cœur, valeureux Jodelet:
Je sçay bien qu'en cecy j'ay quelque part à prendre,
Mais touchant mon devoir on ne peut rien m'ap-
Si j'estois offencé côme luy doublement, (prendre.
On verroit Dom Fernand agir tout autrement;
Enfin n'oubliez rien afin qu'il s'évertuë,
Son Ennemy l'attend au bout de cette Ruë,
Qui s'imaginera qu'on le redoute fort.
Je m'en vay le trouver.
      DOM JUAN.
            Mais de quel autre tort
Mon Maistre Dom Juan doit-il tirer vangeance?
      DOM FERNAND.
Il vous apprendra tout, le voicy qui s'avance.
      DOM JUAN.
Or ça, mon Jodolet, dy-moy sans rien changer,
Quels outrages nouveaux avons-nous à vanger?

SCENE VII.

JODELET, DOM JUAN.

IODELET.

S'En est-il allé donc ?

DOM JUAN.
Ouy.
JODELET...
Tant mieux, que je meure
S'il ne m'a quasi fait enrager tout à l'heure.
Seigneur, il n'est plus temps de se plus déguiser,
Le faire plus long-temps ce seroit niaiser;
Dom Loüis en feroit une Piece pour rire.
Mais l'avez-vous pour moy deffié?
DOM JUAN.
Sans luy dire
Que j'estois Dom Juan, oüy, je l'ay deffié,
Et ma foy je m'estois toûjours bien deffié
Que ce jeune Galand cajoloit Isabelle:
Enfin je l'ay trouvé tantost caché chez elle;
Et sans un accident que je te dois celer,
Nous nous fussions battus au lieu de quereller,
Et je n'ay seulement l'affaire differée,
Qu'attendant que je voye un peu mieux averée
Une chose qui n'est encore en mon esprit

Qu'un sujet de soupçon, de rage & de dépit :
Car enfin ce peut estre un coup de temeraire,
Un tour de Beatris, que l'argent a fait faire;
Puis j'ay quelques raisons pour croire asseurément
Qu'Isabelle en cecy ne trompe nullement

JODELET.

Monsieur, ce n'est pas tout que vostre jalousie,
Autre chose vous doit broüiller la fantaisie,
Dom Loüis en l'honneur vous offense bien fort;
De vous expliquer mieux la chose j'aurois tort,
Elle ne peut quasi s'entendre ny se dire,
L'un & l'autre l'augmente, & la rend toûjours pire.

DOM JUAN.

Ah! ne me la dy point, je la devine assez;
Mais que tous mes malheurs & presens & passez
Se bandent contre moy, j'ay pour moy bon courage...
Et qui le sçait encore ?

JODELET.

Tout le monde.

DOM JUAN.

Ha! j'enrage,
Ha, maintenant fureur je m'abandonne à vous,
Et Dom Fernand est-il pour nous, on contre nous?

JODELET.

D. Loüis est son sang, mais pour l'hôneur du vôtre
Il fait ce qu'on ne fit jamais pour pas un autre,
Il veut que Dom Loüis vous en fasse raison,
Et Dom Loüis m'attend prés de cette Maison,
Qui me croit Dom Juan.

DOM JUAN.

Il faut que je le tuë,
Mais on est bien souvent separé dans la Ruë,
Les Combats de pavé sont moins guerre que paix,

C'eſt à quoy je ne puis me reſoudre jamais,
J'hazarde ma vangeance allant à la campagne,
On n'y fait quaſi plus de Combat en Eſpagne,
Qu'on ne conte la choſe autrement qu'elle n'eſt,
Et ce lieu de Combat moins que l'autre me plaiſt;
i dans quelque Maiſon, quoy que contre la mode.

JODELET.

Attendez, je vous trouve une place commode.
Je tiens icy la clef d'un bas Appartement,
Où nous devons coucher ; là tres-commodement
Vous vous pourrez vanger preſqu'aux yeux d'Iſa-
        belle,
Sans qu'il en ſoit rien ſçeu que de ſon Pere ou d'elle.

DOM JUAN.

Ha ! mon cher Jodelet, que tu l'as bien choiſy !
Va viſte le trouver.

JODELET.

        Mais plûtoſt allez-y,
Il eſt temps, ou jamais, qu'on ſçache qui vous eſtes.
Comment pretendez-vous faire ce que vous faites,
Et paſſer pour Valet? Allez, allez, Seigneur,
Vous découvrir, vous battre, & vanger vôtre hon-
        neur.

DOM JUAN.

Quoy! ſi par un effet de pure jalouſie,
Par un ſimple ſoupçon né dans ma fantaiſie,
J'ay déguiſé mon nom, veux-tu pour un affront,
De qui le moindre mal eſt de rougir mon front,
Que je m'aille montrer? ah, plûtoſt je te prie,
Si tu n'ayme mieux voir Dom Juan en furie,
Souffre encore mon nom qui ne t'offenſe en rien :
Une offenſe eſt bien pire, & je la ſouffre bien.

JODELET.

Vous me l'ordonnez donc?

DOM JUAN.

Mefme je t'en conjure.

JODELET.

Il vous faut obeïr : mais fi par avanture,
Comme les Hommes font fouvent impatiens,
Il vouloit dégainer devant qu'eftre ceans,
Que fera Jodelet qui n'ayme point la guerre,
Et qui fe plaift bien fort au fejour de la terre?

DOM JUAN.

Fay-luy figne de loin, il ne manquera pas
De te venir trouver : & toy d'un mefme pas
Tu me l'ameneras en cette Chambre balle.

JODELET.

Autre difficulté mon efprit embaraffe.
S'il eft court de vifiere?

DOM JUAN.

Ha! c'eft trop difcourir,
Ne me replique plus, & me le vas querir.

JODELET.

Ce dur commandement terriblement me choque;
Mais Seigneur, gardez-vous fur tout de l'équivo-
que,
Difcernez Jodelet d'avec Dom Loüis,
On a fouvent les yeux de colere ébloüis;
Et fi fans y penfer devant Dom Loüis j'entre,
Et que fans y penfer vous me perciez le ventre,
Me difant, Jodelet, ma foy j'en fuis marry,
Je feray tout à l'heure & conten & guery.

Fin du Quatriéme Acte.

ACTE V.
SCENE PREMIERE.

BEATRIS entre par une petite porte
une Chandelle à la main.

Pleurez, pleurez mes yeux, l'honneur vous le
    commande;
S'il vous reſte des pleurs, donnez-m'en, j'en
    demande.
Je viens d'allumer ma Chandelle,
La nuit noire comme du geais
Vient d'arriver pompeuſe & belle
Plus que je ne la vy jamais;
De ſes Demoiſelles ſuivantes
Les Etoilles étincelantes
Elle traîne un brillant troupeau.
Que ſes Servantes ſont heureuſes,
Si d'un Valet qui ſe croit beau
Elles ne ſont point amoureuſes!
    Pleurez, pleurez, &c.
Etoilles luiſantes & nettes,
Si vous en aymiez comme moy,
Toutes celeſtes que vous eſtes
Vous enrageriez ſur ma foy;

antoft ce Grenadin, ce More,
omme,du feu qui me devore
luy contois la cruauté,
'a dit que je ne valoit gueres ,
qu'il eftoit bien fort tenté
me donner les étrivieres.
  Pleurez, pleurez , &c.
'écus une affez bonne fomme
vant luy je faifois fonner,
luy faifois affez voir comme
loy qui prens, je luy veux donner :
Auffi-toft cette ame rebourfe
M'a donné de ma mefme bourfe
Un fi grand coup deffus le cou,
Que je m'en fens tout échinée :
O que pour aymer un tel fou
Il faut que je fois forcenée !
   Pleurez , pleurez , &c.
S'il plaifoit à la deftinée
Qu'il fut l'importun à fon ,tour.
Et Beatris l'importunée,
Alors à beau jeu beau retour ,
Encore aurois-je quelque joye;
Mais helas! jufques dans le foye
Il me brûle, le faux Larron,
Et s'en rit, l'impitoyable Homme,
Auffi fort qu'autre fois Neron
Rioit alors qu'il brûloit Rome.
   Pleurez, pleurez , &c.
Et cependant mon mal me preffe;
Mais quelqu'un vient par l'Efcalier,
C'eft Ifabelle ma Maiftreffe,
Reprenons noftre Chandelier :
Que fi quelqu'un de l'affiftance

Trouve qu'à moy n'appartient Stance,
Qu'il ſçache que l'Auteur diſcret
Qui ſçait fort bien que le Colloque
Eſt dangereux pour le ſecret,
M'a regalé d'un Soliloque.
   Pleurez, pleurez mes yeux, &c.

SCENE II.

ISABELLE, BEATRIS, LUCRESSE,

ISABELLE.

Madame Beatris, que faites vous icy?
BEATRIS.
Je prepare une Chambre à voſtre Amant tranſy.
Et vous, d'où venez-vous, & Madame Lucreſſe?
ISABELLE.
Je viens de me donner en proye à la triſteſſe.
LUCRESSE.
Madame, je vous dis pour la ſeconde fois,
Quand on auroit remis la choſe à voſtre chois,
Vous ne pouviez choiſir en toute la Caſtille
Un plus digne Mary d'une excellente Fille:
Alors que Dom Juan vous ſera mieux connu,
Vous me confeſſerez que je vous ay tenu
Un diſcours veritable.
ISABELLE.
                Et moy je vous aſſure

Lors que si richement vous faites sa peinture,
u'il faut que de nous deux quelqu'une resve bien;
Vous, de le croire tel; moy, de n'en croire rien.
elas! à vous, sa Sœur, l'oserois-je bien dire?
Il semble qu'il ne songe à rien qu'à faire rire,
oûjours dans l'action d'un Homme extravagant,
oit par accoûtumance, ou soit par accident,
arlant toûjours du nez, & de plus il affecte
La façon de parler toûjours la moins correcte,
oûjours quelque mot goinfre est dans tous ses discours :
t je pourrois passer heureusememt mes jours
vec un tel Espoux? ah, Fille malheureuse!
ncore si je pouvois estre Religieuse :
ais helas ! je me sens pour la Religion,
t pour ce bravè Epoux, pareille aversion.

BEATRIS.

iniffez, finiffez voftre quérimonie,
t gagnons l'Escalier, & sans ceremonie;
uelqu'un ouvre la Porte, & l'on vous surprendra.
uant à moy je m'enfuis, me suive qui voudra.

SCENE III.

. JUAN, JODELET, D. LOUIS.

DOM JUAN *ouvre la porte & en*
oste la clef.

Aiffons la Porte ouverte, & gagnons cét AL-
cove,
e les entens venir.

JODELET.

Mon Maistre, Dieu me sauv
Ne fut jamais qu'un traistre, il s'en est en allé :
Helas! j'en ay le sang quasi tout congelé,
Et qui l'eust jamais crû. Peste, il ferme la porte,
Que deviendray-je donc ?

DOM LOUIS.

Nous pouvons de la sor
Nous battre tout le saoul, si le cœur vous en dit.

JODELET.

Vous me pardonnerez, je n'ay point d'appétit.

DOM LOUIS.

Que differez-vous donc à vanger vostre outrage?
Je crains vostre raison moins que vostre courage
Vous ne me dites mot; hé bien qu'attendons-nou
Ha ! vrayement si j'estois offencé comme vous,
Je vous montrerois bien une autre impatience.

JODELET.

Mon Maistre assurément n'a point de conscience

DOM LOUIS.

Que Diable cherchez-vous?

Je cherche ma valeu

DOM LOUIS.

Aprés avoir tantost montré tant de chaleur,
Vous estes maintenant, ce me semble, un peu tied
Mais pour vous réchauffer je tiens un bon remed

JODELET.

Ha, bon Dieu! quelle longue Epée à giboyer,
Et qui peut seulement la voir sans s'effrayer !

DOM LOUIS.

Dom Juan est Poltron, ou fait semblant de l'est

JODELET.

Le Seigneur soit loüé, je viens de voir mon Maist

Je n'ay plus maintenant qu'à faire le fougueux,
Ma colere est tantost au point où je la veux :
Si-tost qu'elle y sera vous verrez faire rage:
Ha! Seigneur, sortez donc, manquez-vous de cou-
rage?

DOM JUAN.

Va donc pour l'amuser te battre en reculant.
JODELET *pousse une estocade sans estre en mesure.*
Dieu veüille estre avec nous.

DOM LOUIS.

     L'effort est violent.
Vous vous battez fort bien.

JODELET.

     Assez bien : ha, que n'ay-je
Contre les coups d'estoc quelque bon sortilege :
Attendez, ah, mon Maistre, ha, c'est trop me pres-
ser.
Mon Epée est faussée, il la faut redresser.
N'avez-vous pas tué mon Frere sans lumiere?

DOM LOUIS.

Ouy.

JODELET.

 Pour vous témoigner que je ne vous crains guere,
Je ne veux point avoir d'avantage sur vous,
Je veux sans voir, vous battre, & vous roüer de
coups.   (nebres,
Meurs donc, chandelle, meurs, & nous laisse en te-
Et vous, allez finir vos passe-temps funebres.
Pour moy qui suis exact en ce que je promets,
Je veux estre pendu si l'on m'y prend jamais.

DOM LOUIS.

C'est dans l'obscurité que la lumiere est belle,
Vous ne vous battiez pas si bien à la chandelle,
Et vous m'avez blessé, mais je m'en vangeray.

SCENE IV.

DOM FERNAND, DOM LOUIS JODELET, DOM JUAN.

DOM FERNAND.

Beatris.

DOM JUAN.
Sors, sors viste, ou je t'éttangleray

DOM FERNAND.
Q'est-ce-cy, mes Amis?

JODELET.
Je vange mon offenc

DOM LOUIS.
On m'a tiré du sang, j'en veux tirer vangeance.

DOM FERNAND.
Est-ce d'une Estocade, ou d'un Estramaçon

JODELET.
L'un & l'autre, ma foy, n'est pas de ma façon.

DOM FERNAND.
Montrez-moy, vous avez la main un peu coupée.

JODELET.
La sale vision que de voir un Epée!

DOM FERNAND.
Allons, mes chers Amis, battez-vous hardiment.
Je ne parois icy pour la paix nullement.
L'un de qui l'honneur souffre est pour estre mo
Gendre;

Et l'autre est mon Parent qui voit son sang répãdre!
Battez-vous donc, Amis, & bien fort, vous serez
Bien plûtost animez par moy, que separez.

DOM LOUIS.

Vostre conseil est trop d'un Homme de courage,
Pour n'estre pas suivy.

JODELET.

De tout mon cœur j'enrage,
a, le méchant Vieillard, qui conseille un düel!

DOM LOUIS.

La colere me rend insolent & cruel;
'ay trompé vostre Sœur, j'ay tué vostre Frere,
ele ferois encore si je l'avois à faire;
I ne me reste plus qu'à vous tuer aussy.

DOM JUAN *sortant de l'Alcove.*

'ous ne connoissez pas Dom Jean, le voicy,
ous trompastes ma Sœur, vous tuastes mon Frere,
ais bien-tost vostre mort s'en va me satisfaire;
'est au vray Dom Juan qu'appartient seulement
vanger son honneur offensé doublement.

DOM LOUIS.

uel est donc de vous deux Dom Juan?

DOM JUAN.

C'est moy-mesme.

DOM LOUIS.

t lüy?

JODELET.

Je ne le suis qu'en cas de stratagême.

DOM JUAN.

üy je suis Dom Juan qui vous vient de blesser;
je l'ay fait sans voir, vous pouvez bien penser
u'à moy vanger ma honte est chose fort aisée.
aintenant que je voy celüy qui l'a causée,
is que mon esprit a seulement douté,

H.

J'ay voulu m'éclaircir, & n'ay rien attenté;
Sous le nom d'un Valet j'ay souffert mon offense,
Tandis qu'un seul soupçon m'en demandoit van-
    geance.
Vous qui me l'avez faite, & l'osez declarer,
Vous me croyez peut-estre un Homme à l'endurer?
Je n'ay pour le sçavoir de science certaine
Oublié jusqu'icy ny finesse ny peine:
Enfin mon deshonneur ne m'est que trop connu,
Vous sçavez, Dom Loüis, à quoy je suis tenu;
Pour mon sang répandu, j'ay répandu du vostre,
Mais deux autres sujets m'en demandent bien d'au-
    tres.
Je ne puis vivre heureux sans vous faire mourir,
Pour cela seulement j'ay dû me découvrir.
Je suis donc Dom Juan, que personne n'en doute.

DOM LOUIS.

Croyez-vous à ce nom que plus on vous redoute?

DOM JUAN.

Et croyez-vous aussi me donner le trépas?
Vous ne tuez qu'alors que l'on ne vous voit pas:
Mais puisque je vous voy, qui vous pourra, bar-
    bare,
Garantir de la mort que ma main vous prepare?
Quand je vous aurois tous icy pour ennemis.
Je veux qu'on tienne icy tout ce qu'on a promis,
L'on m'a promis ma Sœur, il faut qu'on l'effectuë
Je luy dois vostre mort, il faut que je vous tuë.
Voyez si Dom Juan tient bien ce qu'il promet,
Soit qu'il paroisse en Maistre ou se cache en Valet
Dom Fernand tenez donc la parole donnée,
Commandez que ma Sœur me soit viste amenée;
Et vous, le plus mortel de tous mes ennemis,
Battez-vous contre moy, vous me l'avez promis,

DOM FERNAND.

Ha, Seigneur Dom Juan, un peu de patience ?

DOM JUAN.

Pour en avoir eu trop j'ay manqué ma vangeance.

DOM FERNAND.

Pourquoy vous estes-vous déguisé parmy nous?

DOM JUAN.

J'estois jaloux.

DOM FERNAND.

De qui?

DOM JUAN.

De luy.

DOM LOUIS.

De moy ?

DOM JUAN.

De vous,

Je vous ay veu sortir du Balcon d'Isabelle.

DOM LOUIS.

Vous m'en vistes sortir?

DOM JUAN.

Vous-mesme, & puis chez elle
Je vous ay veu caché, mais ces jaloux soupçons
Ne rallentiront point mon feu de leurs glaçons,
Au contraire il s'accrut avec violence ;
Lors je me déguisay, je garday le silence,
Et ne fut pas long-temps sans rencontrer en vous
Un Rival dont j'avois sujet d'estre jaloux:
Vous n'excitiez alors que ma simple colere,
Et n'eusse jamais crû que la mort de mon Frere
Dût se trouver encore un coup de vostre main,
Je vous croyois coquet, & non-pas inhumain;
Enfin j'ay sçeu depuis qu'une mortelle offense
Me devoit contre vous porter à la vangeance;
J'ay crû que vous estiez coupable envers ma Sœur;

J'ay crû que vous eſtiez ſon lâche Raviſſeur.
Lors par reſſentiment plus que par jalouſie,
La fureur contre vous m'avoit l'ame ſaiſie :
J'ay bien-toſt préferé , pour vous priver du jour,
Les ſoins de mon honneur à ceux de mon amour.
Quand on ſouffre en l'honneur, l'amour ne touche
        guere.

Maintenant que je voy que de mon pauvre Frere,
Que vous avez tué la nuit trop lâchement,
Vous m'oſez reprocher la mort inſolemment,
Que pour vous contre moy le Ciel avec la Terre,
Et tout le Genre humain, me déclare la guerre;
Malgré le Ciel, la Terre, & tout le Genre humain,
Il faut que vous mouriez aujourd'huy par ma main.

DOM LOUIS.

Ceux qui me connoîtront ſçauront bien que la
        crainte
N'eſt pas ce qui me fait approuver voſtre plainte.
Quand vous me reprochez que vôtre Frere eſt mort,
La raiſon eſt pour vous, & moy j'ay toûjours tort;
Mais je devois plûtoſt eſtre par cette offenſe
Un objet de pitié, qu'un objet de vangeance:
Helas, je le tuay, mais comment, & pourquoy?
Et quand je le ſçeus mort, qui pleura plus que moy?
Il m'attaqua la nuit, & moy ſans le connoiſtre
Je crû, l'ayant tué, n'avoir tué qu'un traiſtre:
Malheureux que je ſuis, j'avois tué ſans voir,
Le plus intime Amy que je croyois avoir;
Oüy je l'aymois autant qu'on peut aymer un autre,
Puis qu'il fut mon Amy, pour devenir le voſtre,
Je donnerois mon ſang, je donnerois mon cœur,
Et ce diſcours n'eſt point un effet de ma peur.

DOM JUAN.

Outre qu'un Genereux facilement pardonne,

Cette feule raifon fans doute eft affez bonne.
Je veux que vous l'ayez tué fans y penfer,
Et que vous n'ayez eu deffein de m'offencer;
Mais vous ne vous lavez icy que d'une offence,
Et ma Sœur contre vous me demande vangeance;
Et puis que fon honneur à mon honneur eft joint,
Je feray fans honneur, fi ma Sœur n'en a point;
En l'huineur où je fuis, je n'ay pas grande envie,
Si vous m'oftez l'honneur, de vous laiffer là vie.

DOM LOUIS.

Je pourrois bien encore, époufant voftre Sœur,
Et vous rendre content, & vous rendre l'honneur;
Vous n'auriez plus fujet d'en vouloir à ma vie,
Et je n'en aurois plus de vous porter envie,
Quoy que je ville à vous, avec tous fes appas,
Celle que j'aymay bien, mais qui ne m'ayma pas.
C'eft de vous que je parle, ô trop fage Ifabelle,
Qui ne fûtes jamais envers moy que cruelle.
Dom Juan, quittez donc tous vos jaloux foupçons,
Que le feu de l'amour en fonde les glaçons,
Ne foyez plus atteint de cette frenefie,
Ny moy l'objet fâcheux de cette jaloufie.
Il eft vray, Beatris m'a deux fois introduit
Dans fa Chambre le jour, dans fon Balcon la nuit;
Mais fur ma foy bien loin d'êftre de la partie,
De me l'avoir promis, ou d'en eftre avertie,
Si-toft qu'elle le fçeut, elle l'en querella,
Et Beatris penfa s'en aller pour cela.

DOM FERNAND.

Mon Neveu ne dit rien qui ne foit veritable;
Et fi, cher Dom Juan, vous eftes raifonnable,
Vous ne fermerez plus l'oreille à la raifon.
Chaffons donc le tumulte hors de cette Maifon,
Et faifons-y rentrer la joye & l'hymenée:

Çà viſte, que Lucreſſe ſoit icy amenée,
Et ma Fille Iſabelle; ah! je le vois venir,
Venez, venez tâcher de les bien reünir :
Que je devray d'encens à la Bonté divine,
Puis qu'elle fait finir cette guerre inteſtine!
Que je me ſens heureux!& vous,mes chers Enfans,
Tant pour voſtre repos que celuy de mes ans,
Devenez bons amis, embraſſez-vous enſemble,
Et qu'une bonne paix à jamais vous aſſemble.

DOM JUAN.

Je ne reſiſte plus, je ſuis voſtre conſeil.

DOM LOUIS.

Le plaiſir que j'en ſens n'eut jamais de pareil.

SCENE V.

LUCRESSE, ISABELLE,
JODELET, DOM JUAN.
D. LOUIS, D. FERNAND.

LUCRESSE.

O Ma chère Iſabelle !

ISABELLE.

O ma chere Lucreſſe!

LUCRESSE.

Que nous avons de joye aprés tant de triſteſſe!
Et bien avois-je tort lors que vous vous plaigniez,
D'aſſurer qu'il n'eſtoit pas tel que vous diſiez?

JODELET.

Je n'ay donc qu'à quitter mon habit de parade,
Puis que je ne suis plus Dom Juan d'Alvarade.

DOM JUAN.

Non non, cher Jodelet, gardez tous vos bijous,
Ils vous parent trop bien pour n'estre pas à vous.
Vous dont l'amitié m'est un don inestimable,
Recevez de ma main cette Fille adorable.

DOM JUAN.

Vous que je haïssois tantost de tout mon cœur,
Sçachez que je suis vostre, aussi bien que ma Sœur.

DOM FERNAND.

Allons mes chers Enfans, finir cette journée,
Par l'accomplissement de ce double hymenée.

JODELET.

Ma foy, vous n'estes pas encore où vous pensez,
Et les discords icy ne font pas tout passez;
Il me faut un Portrait que retient Isabelle,
Qui pend à deux rubans au fonds de sa ruelle :
Moy qui ne sçay si c'est ou pour bien, ou pour mal,
Qu'elle garde un Portrait, perdant l'Original,
Je veux qu'on me le rende, ou bien la Comedie
Par moy, Dom Jodelet, deviendra Tragedie.
Oüy, je le veux avoir, cette Idole de prix,
Pour en favoriser ma chere Beatris.

FIN.